顾爷爷讲中国民间故事

③

(隋唐—五代)

顾希佳

——编写——

目 录

成弼炼金……………1
李靖代龙……………5
荐马周………………10
杜子春考验…………13
柳毅传书……………22
追踪盗宝贼…………32
慧能传衣钵…………37
王勃写《滕王阁序》………45

陈子昂碎琴…………48
歌仙刘三妹…………51
一行到此水西流……54
唐明皇游月宫………58
双义祠………………62
黄粱一梦……………70
镜湖笛声……………75
力士脱靴……………81

李娃与荥阳少年…………84

王积薪奇遇…………92

兰陵老人…………96

板桥三娘子…………99

红线盗盒…………104

南柯迷梦…………110

聂隐娘…………117

定婚店…………123

斗雷公…………129

蓝桥相会…………134

村妇勒石…………139

红叶题诗…………144

人面桃花…………150

神笔廉广…………153

区寄斗强盗…………157

王谢堂前燕…………162

吕洞宾得道…………169

黄鹤楼…………174

张县令求情…………178

成弼炼金

隋朝末年，太白山里有个道士，很有本事，一天到晚在那里炼丹药。道士身边有个徒弟，名叫成弼(bì)，跟着道士学了十几年，却始终没有把本领学到手。

这一年，成弼的父亲死了，家人捎信来，让他回去办丧事。道士对成弼说："你跟我学道也有十几年了，可惜你不用心，一直没把真本领学到手。今天你要回去，我没啥东西好送你的，就送你十粒炼金丹吧。要知道，一粒丹可以把十斤黄铜变成十斤黄金。切记不要贪心，一有贪心，就会大祸临头的。"

成弼回到家里，兄弟姐妹们哭作一团，好不悲惨，大家正在为没钱操办丧事发愁呢。成弼说："要钱，这事好办，包在我身上好了。"他向家里人要来十斤黄铜，关起房门，取出道士交给他的炼金丹来一试。嘿！果然非常灵光，不一会儿工夫，黄铜全都变成黄金啦。于是，成弼用这些金子给父亲体体面面地操办了丧事。

丧事办完了，要不要再回山里去呢？成弼为这事好几夜睡不着觉，伤透了脑筋。山里的日子这么清苦，实在不是人待的地方，真不想再去山上了；不过再一想，师父总共才给十粒炼金丹，现在只剩下九粒了，用一粒少一粒，一旦用完了，我岂不又成为穷光蛋啦？这么一想，觉得还得回去，最好把师父做炼金丹的本领真正学到手，然后一辈子就可以享福了。想到这里，成弼硬着头皮回到了太白山。

成弼这次回山，比以往格外勤快，说起话来也是甜甜蜜蜜的。道士看出了他的不良用心，所以一直不把做炼金丹的秘诀教给他。

成弼终于沉不住气了。一天夜里，他拿着一把磨得很锋利的刀，威逼道士："师父，你年纪大了，迟早有一天是要死的，这做炼金丹的秘诀一旦失传，实在太可惜了，还是早点传给我吧。"

师父冷笑一声说："你的心太黑了，要传也不能传给你。"

成弼一下子变了脸，举起刀来扬一扬，厉声说道："少啰唆，快把秘诀说出来。再不说，我就不客气了。"

师父朝他看看，索性闭上眼睛，不理他了。

成弼恼羞成怒，一刀砍去，砍断了道士的左手，道士闷声不响。他又砍去一刀，砍断了道士的右手，道士还是闷声不响。

成弼发火了，一不做二不休，又举起刀来"唰唰"两下，把道士的两条腿砍断了。

道士疼得打滚，鲜血流得满地都是，却还是不肯说出秘诀来，只是睁大眼睛朝成弼看，眼里冒出愤怒的火光。

成弼有些受不了啦，索性又举起刀来，"唰"的一下，把道士的脑袋砍掉了。

成弼还是不知道做炼金丹的秘诀。他在道士住的山洞里到处乱寻，想找到道士留下的书籍，找了老半天，也没找到，最后在道士身边发现一个红布口袋。一摸，里面还有几十粒炼金丹。成弼一下子高兴起来，心想：这几十粒炼金丹，也够我一辈子享福的了。于是他攥紧这个红布口袋，下山去了。

走到半山腰，忽然听得有人喊他的名字，成弼回头一看，可不得了，原来是师父。只见道士身上什么都不缺，还是好端端的一个人，只是铁青着脸，冷冰冰地对成弼说："你不择手段，夺取我的炼金丹，迟早会得到报应的，将来你受到的惩罚会跟我今天一模一样。"说完这话，道士不见了。

成弼又惊又疑，不明白这到底是怎么回事，摸摸手里的红布口袋，里面的炼金丹倒都还在，这才稍稍放心，一路下山回家。

回到家里，成弼用炼金丹炼黄金，一下子成了远近闻名的大富翁。又是买田地，又是造房子，好不热闹。这样一来，周围的人起了疑心，说他一定是江湖大盗，否则不会有这么多钱的。于是，他被一张状纸告到了衙门。

成弼到了公堂上，只好亮出底牌，说自己学会了炼金术，能把黄铜变成黄金，这不是什么犯法的事。

一听有这种新鲜事，地方官不敢怠慢，一级一级向上报告，最后报到皇帝那里。

这时候，唐太宗已经登基。唐太宗一听，居然有人会炼金子，这可太好了，就下旨召成弼进宫，让他当场试验。

一试，果然灵验，十斤黄铜到了成弼手里，一夜工夫就变成十斤黄金了。成弼炼出来的黄金比普通的金子颜色偏红一些，光泽更加亮丽，唐太宗十分喜爱，给它取名为"大唐金"；并且当场授给他一个五品官衔，让他住在宫里，专门为皇帝炼黄金。

这样一来，成弼可傻了眼。要知道他手里总共才几十粒炼金丹，在进皇宫之前，已经被他用掉了十几粒；再说唐太宗的胃口很大，要炼尽天下的黄铜，成弼当然受不了啦。没几天工夫，成弼手里的炼金丹就用光了，他要求辞官回家。

唐太宗不答应，说道："要辞官可以，你得把做炼金丹的方子写出来。"

成弼说："这方子我不知道，只有我师父一个人知道。"

"你师父在哪里？"

"他死了。"

再往下问，成弼只好摇头了，他总不能说师父是被自己杀死的吧。唐太宗当然不相信，以为成弼在说谎，下令大理寺卿对他严刑审讯。

到了大理寺，成弼还是一问三不知。大理寺卿火了，下令武士砍去成弼的两只手臂，成弼还是交不出炼金丹的方子，于是，又砍去了他的两条腿。成弼急了，想起当初师父说的话，知道这是对自己的惩罚，就交代了自己杀死师父、抢夺炼金丹的全部罪行，请求大理寺卿饶他一命。大理寺卿还是不相信，天底下哪里会有这种事情？肯定是他在撒谎。最后，终于又砍下了成弼的头。果然，成弼死的情景和他的师父一模一样。

后来，成弼炼出来的"大唐金"流到了社会上。据说，当时的西域胡人很看重这种"大唐金"，把它叫作"成弼金"。

【故事来源】

据《太平广记》卷四百引唐朝戴孚《广异记》译写。

李靖代龙

唐朝开国元勋李靖，是个赫赫有名的大将军，他南征北战，立下了许多战功，据说还写过一部《李卫公兵法》，很了不起。

李靖年轻的时候，是个普通百姓，经常到霍山*去打猎。进了山，他总要在山里转悠好几天，夜里就去猎户人家借宿。有个老猎户见他浓眉大眼的，很有些英雄气概，觉得这个人将来一定大有作为，打心底里喜欢上他了。每逢李靖到老猎户家借宿，老人总是预备了好饭好菜招待他。时间一长，两人越发谈得拢，就跟一家人似的了。

有一次，李靖进霍山打猎，忽然遇上了一群野鹿，他好不欢喜，拼命追赶。一追二追，追到天黑，不知不觉地迷了路。李靖心中懊丧，腿也酸痛起来，一步一挪地在黑沉沉的山林里瞎摸。

走着走着，远处隐隐约约闪出一线灯光，李靖不觉又来了劲儿，赶紧迎着灯光，加快脚步走去。

到那儿一看，原来是一幢朱漆大门的大户人家。黑压压的围墙很高很高，门口的两只石狮子非常大。李靖上前，敲了好长时间的门，才有一人跌跌撞撞地出来问话。李靖告诉他说，自己打猎迷了路，求他在这里借宿一夜。

那人为难地说："小主人都出门去了，家中只有老夫人在，这

> 霍山
> 太岳山，在山西省中部。

事恐怕难办。"

李靖说："麻烦你做做好事，就替我向老夫人禀报一下吧。"

过了一会儿，那人走了出来，热情地邀他进大厅里。接着，一个青衣丫鬟出来通报："夫人到。"但见这位夫人，五十多岁，穿着白色的短袄、青色的裙子，神气清雅，落落大方，慈眉善目，一副大户人家的气派。

李靖一见，赶紧起身拜见。夫人对他说："儿子们都不在家，按说是不该留陌生人的。不过想想这会儿天已经这么黑了，你又找不到归路，我要是不留你，叫你一个人怎么办？要知道我们这里是山野人家，一向粗鲁惯了的。半夜里倘若儿子们回来，或许会大声喧哗，请你不要害怕。"

李靖连忙说："不敢不敢。"

于是，夫人吩咐给客人开饭。端上来的饭菜都很鲜美，不过大都是些鱼类。吃完饭，夫人向他告辞，进了内宅；又有两个青衣丫鬟为他送来床席被褥，被褥也都十分讲究，绫罗绸缎，光滑柔软，又干净，又清香。安排好之后，丫鬟们很有礼貌地退了出去，替他关了门，又特地在外面加了把锁，这才慢慢地离去。

李靖一个人在房里，却不敢睡了，心想："在这山野之中，怎么会冒出这么一个大户人家来，自己却从来没听说过，这是什么人家？再说她的儿子半夜里回来，为什么会大声喧哗，难道是强盗吗？"他怕出事，干脆不睡了，就坐在那里听外面的动静。

将近半夜，忽然听得外面有一阵急迫的敲门声，又听得里面有人慌里慌张地答应，跑去开门。外面的人大声说道："天帝下旨，要你家大少爷赶紧去下雨，下在这座山周围七里的地方，到五更时分务必下足，不许拖延，也不许伤害百姓！"里面的人接过旨意，跑步进去向老夫人报告。接着又听见那夫人焦急地对下人们说："哎哟，怎么那么不巧？两个儿子到现在都还没回来。下雨的旨意到了，限时限刻，不能推辞，拖延了时间是要受罚的。马上去找他们，也来不及了。家里的童仆毕竟不能替代主人来办这种大事的。这可怎么办呢？"这时候，又听得有一个年轻的女子插进来说："今天来借宿的客人，看上去不是个平庸之辈，能请他来代劳吗？"只听得夫人一拍手，高兴地说："对，这倒是个好主意。"

不一会儿，夫人过来，敲了敲李靖的房门，很谨慎地问道："客人醒了吗？"

李靖说："有什么事吗？"

"请客人出来一下吧。"

"好的。"李靖当即开门相迎。

夫人说："对你直说了吧，这儿不是凡人居住的地方，而是一座龙宫。我的大儿子今天到东海龙王那儿去吃喜酒，小儿子送他媳妇回娘家去了，都不在家。偏偏天庭下了旨意，要马上去下雨。我计算一下两处的路程，都十分遥远，眼看着两个儿子赶不回来了，一时之间又找不到合适的人可以代为下雨，想来想去，想到了客人你。麻烦你帮个忙，去代我们下一次雨，可以吗？"

李靖不觉为难起来，迟疑着说："啊呀，我李靖不过是个凡人，又不会腾云驾雾，怎么能去下雨呢？要是你能教我下雨的办法，我倒愿意去试一试的。"

夫人一听，高兴地说："你只要照我的话去做，没有办不到的事的。"

说罢，夫人吩咐手下人牵过来一匹高大的菊花青马，又吩咐取来雨器。李靖一看，原来是一个小小的瓶子，一点也不起眼。

夫人亲手把这个小瓶子系在马鞍的前面，再三叮嘱道："你骑上马之后，不要忘了拉住缰绳；马儿跳起来嘶鸣的时候，你就从这个小瓶里取出一滴水来，滴在马鬃上，下雨的事就让马儿去做好了。不过你要切记，千万不可多滴，每次滴一滴水就足够了。"

李靖一一答应，跨上马背，告别夫人。那马儿腾云驾雾般地上了路，越升越高，越升越高，不一会儿，就上了天。

这时，只听得耳边的风声像利箭似的，呼呼直响，脚底又响起雷霆的声音。李靖骑在马上，好不得意，随着马儿的跳跃，每次都不多不少滴一滴水。后来，一个闪电打下去，劈开了乌云，正好照见了底下的山谷，那是李靖当初打猎常常去借宿的老猎户家。李靖想："我这几年一直去打扰他老人家，总想好好报答报答，正在愁没啥好报答呢。现在天气久旱，禾苗干枯，正是老百姓盼水的时刻，而雨水又掌握在我的手里，我还可惜什么，多给他一些水好了。"想到这里，他接连从瓶里取出二十滴水来，一股脑儿全滴在马鬃上。

不一会儿，下雨完毕，李靖兴高采烈地骑着菊花青马回到了龙宫。

谁知道夫人却含着眼泪，满脸愁容地在厅堂上迎接他，一见面，劈头就说："你可把我们给害苦了！跟你说得清清楚楚，每次只能滴一滴，你怎么可以一下子滴了二十滴水呢？要知道，天上滴这么一滴，地下就要下足足一尺深的雨水了。你那个村庄，昨天夜里平地上一下子积水二丈深，还会有一个活人留下来吗？唉！你也实在太莽撞了。为了这事，我被天庭打了八十大板。你看我背上，布满了血痕。我的儿子也受到牵连，被关押了起来，这可如何是好？"

李靖这才恍然大悟，知道由于自己的私心，闯下了弥天大祸。不仅连累了龙宫，还把好端端的一个村庄给淹没了。他又是惭愧，又是害怕，愣在那里竟不知道说什么才好。

夫人又说："你是凡人，不知道云雨的变化，我也不能怪你。就怕过一会儿龙师要来找你的麻烦，会吓着你的。你还是赶快离开这里吧。谢谢你为我下了这场雨，穷乡僻壤的，没有什么礼物，我有两个奴仆，你就挑选一个带去吧。"

说罢，过来了两个奴仆。一个从东边的走廊出来，相貌很和蔼，笑容可掬的；一个从西边的走廊出来，一脸凶相，怒气冲冲地站着。李靖想："我是个打猎的，全靠勇气过日子，如果今天要了个和蔼可亲的奴仆，人家会说我胆小怕事的。"于是，他说："两人都要，我也不敢。夫人既然送给我，我就要那个怒气冲冲的吧。"

夫人微微一笑，便把那个奴仆送给了他。

才出门几步路，李靖一回头，刚才那幢高大的房屋已经不见了；再看看那奴仆，也不见了。李靖只好一个人独自寻找回家的路。天亮的时候，看到当初经常去借宿的那个村庄，已经汪洋一片，望不到头，只有几棵大树露出一点点树梢而已，再也寻不到一个人了。李靖望着这般惨景，不由得流下了一串后悔的眼泪。

后来，李靖跟随唐太宗平定天下，屡建奇功，可是始终没有做过丞相。老人们说，这和当年龙宫里送他奴仆的事有关，不是说"关东出相，关西出将"吗？这里还蛮有讲究的呢。

【故事来源】

据唐朝李复言《续玄怪录》卷四译写。

 荐马周

唐太宗贞观年间，吏部尚书马周是个了不起的人才。说起此人能够被唐太宗重用，还有一段有趣的故事呢。

马周是博州（今山东聊城）人，从小父母双亡，一贫如洗，年过三十还没有成家。他精通四书五经，博学多才，只因没人举荐，所以谁也不知道他的本领，只是在博州当了一名教书先生，有些大材小用。因为他喜欢喝酒，几次酒醉误事，被博州刺史达奚狠狠训斥了一顿。马周倔脾气一上来，索性不干了，一拂衣袖，离开家乡，南下来到曹州、汴（biàn）州（今山东、河南）一带。又因为喝醉酒失礼，得罪了浚仪（今河南开封）县令，他还是待不下去，再度出走。

这一次，马周一路向西，来到新丰（今陕西临潼新丰镇），看看天色晚了，在路边的一家客栈住了下来。

这时候正好是客栈热闹的光景，许多过往客商纷纷进店住宿，有的搬行李，有的找房间，有的坐下来要酒要菜，店里的伙计忙得团团转，就是没人去接待马周。马周一个人坐在店堂里，等了老半天不见有人招呼他，不觉来了气，一发火，叫了一斗酒，一个人喝了起来。喝掉一半酒，找来个脚盆，把剩下的一半酒倒在脚盆里，脱下鞋袜，洗起脚来了。

马周用酒洗脚，把周围的客商吓了一大跳。店主人知道了，连忙出来向马周道歉。两个人一攀谈，倒是蛮投机的。店主人问他要到哪里去，马周说是要去京城长安。店主人说，你手头拮据，到了长安恐怕住不起客栈，我有个外甥女，嫁在长安万寿街赵家，他家世代卖蒸饼，你就去住在他们家吧，也好省些钱。店主人说罢，当即修书一封，交给他带去。

再说这个店主人的外甥女，今年刚刚三十岁出头，两年前丈夫去世，守寡在家，靠卖蒸饼过日子，长安人都叫她"卖馇(duī)媪(ǎo)"，也就是"卖饼大妈"的意思。现在马周拿着新丰客栈老板的书信来找她，她自然一口答应，留他在家中住下了。

> **馇**
> 古代的一种面食，现代的称谓有麻圆、麻团、珍袋、芝麻球等。

马周这时候，因为经历坎坷，老是碰钉子，所以情绪不太好，每天借酒浇愁，却越浇越愁。可是这个卖饼大妈却一眼看出他是个人才，将来一定会干一番大事业，一点也没有看不起他的意思，一日三餐，对他照顾得很周到。一段时间下来，马周对她万分感激，渐渐地由感激生爱慕，最后两个人结了婚，成了一家人。

那时候，中郎将常何家的老用人常常到卖饼大妈店里买饼。卖饼大妈心想，中郎将是武将，没有文化，说不定要个读书人帮帮忙的，就跟那老用人商量，请他向中郎将举荐举荐马周。老用人回去一说，常何很高兴，就把马周请到府上来了。

说来也巧，正好那时候天下大旱，唐太宗下了一道圣旨，要求文武百官凡是五品以上的，每人都得动一番脑筋，对国家大事提几条建议，写成奏章送到皇帝面前。偏偏这个中郎将常何，要他上前线冲锋陷阵，他是生龙活虎，意气风发；要他舞文弄墨，遣词造句，他可傻了眼。现在读书人马周来了，常何自然喜欢得不得了，请马周替他代笔，立刻写一份奏章。

马周听说这事，正中下怀，当场铺开纸，磨起浓墨，提起笔来，手不停挥，文不加点，一气呵成，写了二十条，交给常何。

第二天，常何把这二十条建议呈到唐太宗手上。唐太宗一读，拍案叫好，问常何："这份奏章，句句说到了朕的心里，分析透彻，议论精辟，是你自己写的吗？"常何倒也是个老实人，当场启奏说："愚臣实在没有这本事。这份奏章是臣家中馆客马周代臣起草的。"唐太宗当即下旨，传马周上殿，几轮一问一答下来，龙颜大悦，便封他做监察御史。后来，唐太宗越来越觉得马周是个不可多得的人才，不到三年，又提升他做吏部尚书。

长安城里的百姓在茶余饭后说起这件事，都说马周固然是个人才，不过也还得要有人举荐才行，因此，他要感谢的首先是他的妻子卖饼大妈，要不是卖饼大妈看得起他，鼓励他发愤图强，替他向中郎将常何举荐，说不定到老他还是个流落江湖的穷书生呢！

【故事来源】

据《太平广记》卷二百二十四引唐朝吕道生《定命录》译写。明朝冯梦龙《古今小说》据此发展为话本《穷马周遭际卖饼媪》。

杜子春考验

唐朝有个叫杜子春的人,少年英俊,颇有才干,却因为结交了不少酒肉朋友,整日里游手好闲,吃喝玩乐,对什么事都满不在乎,渐渐地,竟把祖上传下来的家产全给败光了。他去找亲戚朋友借钱,别人见他是个败家子,都板着脸,不肯借给他。冬天到了,杜子春穿着破旧的单衣,饿着肚子在长安城里闲逛。从东门走到西门,谁也不搭理他,那个狼狈的模样也就别提了。

这天,杜子春正在街上唉声叹气,迎面过来一个老人,拄着拐杖,关切地询问起来:"年轻人,什么心事让你如此长吁短叹?"

杜子春眼圈一红,把自己的遭遇一五一十地说了一遍。说到世态炎凉时,他更是感慨万千,气愤不已。

老人问:"大概要多少钱,你才够用?"

杜子春说:"有三五万就活得下去了。"

老人摇摇头说:"不够不够,你再报个数。"

"那就十万吧。"

"十万也不够。"

"一百万。"

"一百万也不够。"

"三百万。"

老人这才笑着说:"嗯,差不多了。"说罢,从袖筒里取出一串铜钱来,递给杜子春,说道:"先给你这些,今天晚上总可以对付过去了吧?明天午时,我在西市的波斯邸等你,你可千万别失约哟。"

杜子春做梦也没有想到,突然之间会遇见这么个阔佬慷慨解囊,于是千恩万谢,高兴得不得了。第二天,他准时去见老人。老人二话没说,给了他三百万,连个姓名都没留下,就挥挥手走了。

杜子春有了钱,老毛病又犯了。那班酒肉朋友闻风而来,像苍蝇叮住了一块臭肉,赶也赶不走。一伙人在酒楼妓院里进进出出,吆五喝六,仅仅一两年工夫,老人送给他的三百万就全花光了。杜子春又开始靠典当家产过日子了,先是卖了马换头驴,又卖掉驴子,家产卖光了,只好又到大街上溜达。

一来二去,又碰上了当年的老人。老人一把拉住他的手,关心地问:"哎哟,年轻人怎么又落到这种地步啦?好了好了,别灰心,我还会帮你的。你说吧,要多少钱?"

杜子春满脸通红,再也不好意思开口了。老人一再问他,他就是说不出口。老人也不再追问,只是说:"也罢,明天午时,你到老地方去找我吧。"

杜子春只好厚着脸皮,准时去找老人。老人二话没说,出手就是一千万,然后挥挥手就走了。

杜子春没拿到钱的时候,倒也发过誓,这一回一定要重新做人了,拿这笔钱去做生意,也好堂堂正正地给杜家挣点面子。谁知道钱一到手,心里又忍不住痒了起来,酒楼妓院,本来就熟门熟路,吃喝玩乐,本来就不需要花什么力气。三四年下来,他又把这一千万全挥霍掉了。

这天，杜子春又在老地方遇见了老人。老人跟他打招呼，杜子春实在羞愧难当，只好双手蒙着脸，转身就逃。老人一把拉住他的衣袖说："过来，有什么好逃的？真是太没出息了。"这一次，老人索性给了他三千万，又说："如果这一次还帮不了你，你就真的无可救药了。"

杜子春心想："我已经穷途末路了，亲戚朋友中，没有一个人肯站出来帮忙；倒是这位老人，素不相识，竟然三次借钱给钱，一再帮我，我该怎样报答他呢？"于是，他诚恳地对老人说："我有了这笔钱，随便什么事都可以办成功了。杜家还有几个孤儿寡女，我也有能力安顿他们了。这样，我杜子春上对得起祖宗，下对得起子孙，再无一丝牵挂。待我把这一切处置好，我就来报答你的大恩。到那时候，只要你说一声，要我做什么事，我杜子春赴汤蹈火，在所不辞！"

老人说："你的好意，我心领了。你先去把家安顿好；明年中元节，到老君祠的两棵桧(guì)柏树下来见我吧。"

杜子春的家人大多在淮南，他就把这笔钱带到扬州，在那里买田地，造房屋，把家人一一安顿好，又把祖坟全部新修一番，把该办的事全都办妥，再也没有什么牵挂的时候，就准时去找那位老人。

到了老君祠，老人已经在桧柏树下唱歌了。老人带着杜子春一起去上华山，登云台峰。走了四十多里山路，看见一幢石屋，白云缭绕，鸾鹤飞舞，一眼就看出这不是平常人住的地方。进了正堂，正中放着一只药炉，高九尺多，炉火燃得正旺，紫光四射，映得窗户熠熠生辉。炉子的四周，站着九个亭亭玉立的少女。这时候，那老人已经换上了一身道士的装束，把一杯酒、三

颗白石子递给杜子春，让他当场吃下去，又拿出一张虎皮，铺在正厅西墙跟前，让杜子春朝东坐下。

老人说："你坐着，千万别开口说话。就是看见了神仙、魔鬼、夜叉、猛兽，到了地狱，或是遇到你的家人受苦，都不可动摇；要知道你所遇到的一切苦难，都不是真的，你什么都别怕。记住我的话，别开口，别说话，你就不会有什么痛苦了。你能做得到吗？"

杜子春拍拍胸脯，咬着牙说："能！"

道士点点头，转身走了。杜子春朝庭院里看去，只见那里有一口大瓮，里面装满了水，别的什么也没有。

道士刚刚走，只听得门外响声震天，旌旗戈甲，千乘万骑，满山遍野地冲过来。一个长得又高又大的大将军，带着几百个卫士，剑拔弩张，闯了进来，呵斥道："你是什么人？为什么不让开？"大将军边上的卫士一个个穷凶极恶，恶狠狠过来问话。杜子春朝他们看看，就是不说话。大将军发火了，下令把他杀掉。边上的人全都拔出剑来朝他砍去，他动也不动。大将军只好怒冲冲地走了。

接着又进来一大批毒蛇猛兽、狮子老虎，数以万计，朝杜子春身上咬过来。杜子春坐在那里，动也不动。不一会儿，这些毒蛇猛兽也都不见了。

再过一会儿，外面电闪雷鸣，风雨交加，一团团火球从空中飞了进来，在杜子春的四周兜圈子，刺得他睁不开眼睛。顷刻之间，山洪暴发，浊流汹涌而来，石屋里也全都灌满了水，像山崩地裂一样，洪水一直冲到杜子春跟前，他还是端坐不动，闷声不响。后来，洪水也退掉了。

这时候，先前那个大将军又进来了，后面跟着牛头马面和一帮地狱里的差役，一个个面目狰狞，抬进来一口大铁锅，锅里是正在沸腾的水，四周刀枪林立，阴森可怕。大将军恶狠狠地说："说出你的名字来，马上就放掉你；再不肯说，就把你扔到锅里去。"杜子春还是不说话。

于是，他们就把杜子春的妻子抓来了，扔在地上，对他说："只要你说出自己的姓名来，我们就放掉她。"杜子春不肯说，他们就拼命殴打他的妻子，用刀砍，用箭射，用火烧，用沸水煮，弄得她鲜血淋漓，苦不堪言。他的妻子熬不过了，哭着求他："看在我们夫妻十几年的份儿上，你就开一次口吧。我被这些恶鬼折磨成这个模样，你就忍心坐在那里看吗？"杜子春心里默默叨念："这一切都不是真的，再熬一熬就过去了。"他还是坚持着不说话。

大将军最后说："这小子的妖术眼看要炼成了，不能再让他活着，杀了他！"他边上的卫士过来，拔剑就斩，一下把他杀死了。

杜子春死了之后，他的灵魂被带到了阎罗王那里。阎罗王说："这个人得下地狱。"一声令下，鬼卒把他带入地狱。他在地狱里吃足了苦头，只是心里仍旧牢牢记着老人的嘱咐，所以一个劲儿地咬紧牙关，哼也不哼一声。

鬼卒又把杜子春带回到阎罗王那里。阎罗王说："这个人太坏了，下世让他去做个女人吧。"于是，杜子春的灵魂就投胎到了姓王的人家，做了个女孩子。

这个女孩子一生下来就体弱多病，不知道吃了多少苦药，身上扎了多少针，就是不吭一声。长大之后，出落得十分漂亮，可就是不会说话，是个哑巴。因为是个哑巴，她从小到大，也不知道受了多少气，吃过多少苦。

同乡有个进士卢珪(guī)，听说她长得漂亮，就托人来做媒。她爸妈说："女儿是哑巴，恐怕配不上。"卢珪却说："只要妻子贤惠，不说话有什么关系？比那种惹是生非的长舌妇要强多了。"于是，这门亲事就成了。

结婚之后，夫妻之间相亲相爱，后来生了一个男孩，胖乎乎的，谁见了都喜爱。孩子两岁了，卢珪抱着孩子跟妻子说话，说来说去，妻子就是不开口。卢珪终于忍不住了，拍着桌子大骂起来："妻子不跟我说话，我要这个儿子有什么用？"说罢，提起孩子的两条小腿，把孩子扔到了庭院里。孩子的头磕在一块大石头上，鲜血直溅，当场死去。

这么活泼可爱的孩子被摔死了，怎能不心痛？这时候的杜子春爱子心切，终于把老人的话给忘了，忍不住喊了一声："啊呀！"

这下可坏了。

杜子春的喊声还没停止，他又重新坐在石屋里他原先坐的位置上了。屋里的一切都没变，老人也来到他身边。屋外，天刚蒙蒙亮，跟做了一场梦似的。

忽然，药炉里的火焰猛烈地蹿了出来，火势熊熊，顷刻之间把这幢房屋全给烧毁了。老人惋惜地说："你把我的大事全给耽误了。"随手拎起杜子春的头发，把他放到水瓮里，他才算没被烧死。

不一会儿，火熄灭了。老人说："出来吧。你这个年轻人的意志也算得上是坚强的了，喜怒哀乐，各种各样的艰难困苦，你都考验过来了，就是忘不了一颗爱心，这也是难免的。刚才你要是不喊这一声'啊呀'，我这炉里的丹药就炼成了，你也成仙了。

可惜啊，世界上要做成一件事，毕竟是很难的。你能记住这一点，大有好处。今后就靠你自己的努力了。"

说罢，老人指了指下山的路径，让杜子春独自回去。杜子春再去看那药炉，果然已经烧坏了。炉子里有一根手臂那么粗的铁柱，他也弄不懂那是什么玩意儿。

从此以后，杜子春更加踏实勤奋了。

【故事来源】

据唐朝牛僧孺《玄怪录》译写。在唐朝玄奘《大唐西域记》里有一则《救命池》，就是这个故事的原型，说明这个故事当年是从西域传到中国来的。

# 柳毅传书

唐高宗仪凤年间,读书人柳毅在京城参加完考试后,要回湘水(今湖南省境内)边的家乡了。他想到有个同乡客居在泾阳(今陕西省西安市长安区北)一带,准备路过时跟他道别。

走了六七里路,迎面飞来一群乌鸦,马儿受了惊,竟朝边上的一条小路直奔过去,柳毅无法控制,只好骑在马上随它颠簸,又奔了六七里地,才停了下来。

柳毅定下神来朝四周一看,不远处有个青年女子正在牧羊。那女子容貌美丽出众,却一脸愁苦,眼角留着泪痕,好像要跟他说话,却又不好意思开口。柳毅心中一动,忍不住问道:"这位大姐有什么为难的事情吗?"

那女子向柳毅深深地作了个揖,不觉地流下了两行热泪,哽咽着说:"我本是洞庭龙君的小女儿,父母做主,将我嫁给了泾川龙君的二儿子。可恨我的丈夫只知道吃喝玩乐,又喜新厌旧,看上了家中的丫鬟,整天跟她鬼混,动不动就打我骂我。我去告诉公婆,公婆总是偏着自己的儿子,也管不住他。我诉说多了,反而得罪了公婆,他们一发脾气,就罚我到这儿来牧羊了。"说到这里,她不禁号啕大哭起来。

哭了一阵,那女子抬起头来,对柳毅说:"我的娘家在洞庭

湖，离这里迢迢千里，山水阻隔，难通音讯。我只能每天遥望南方，却无法让父母知道我的苦衷。听说先生将要回湖南，经过洞庭湖时，能不能请你替我捎一封家书，帮我一把呢？"

柳毅刚才听那女子哭诉时，就已义愤填膺，现在一听是要请他传书，自然不会推托，当即爽快地回答道："我柳毅是个讲义气的人，刚才听你的一番话，不觉热血沸腾，恨不得长出一对翅膀来替你送信，哪里还说得上可以不可以的。只可惜洞庭湖水深不可测，我一个凡夫俗子到不了龙宫，没法完成你托付的重任，你有什么好办法可以教我吗？"

那女子十分感激，又深深地作了一个揖，说道："多谢先生一片好意。就在洞庭湖的南岸，有一棵大橘树，因为乡里人经常在树下举行社祭，所以又叫它社橘。先生可以解开树上的一根带子，挂上一样东西，然后轻轻地在树干上敲三下，就会有人出来招呼你了。你跟着他可以一直走进龙宫而不会有什么妨碍。请先生除了为我传书之外，也把我的这番心意转达给我的父母，拜托了。"

柳毅答应了她的请求。那女子当即取出书信，交给柳毅。柳毅放好书信后，忍不住又问她："我不明白你放的羊有什么用？难道你们龙宫里也杀羊吃吗？"

那女子说："你弄错了，这不是羊，是雨工。"

"什么叫雨工？"

"是一种掌管雷霆的神灵。"

哦，这么一说，柳毅才明白，再一细看，那羊确实与平常的大不一样，有一种勇猛威严、咄咄逼人的气势。

柳毅这时候已不觉地对这个女子产生了好感。临走时，他恋恋不舍地说:"我为你传书,将来你回到洞庭,可不能不理我。"女子嫣然一笑,轻轻地说:"怎么会呢,我们就好比是亲戚一样啦。"说罢,又作了一个揖,转身向东走去。等到柳毅再抬起头去看她时,竟什么也看不见了。

一个多月之后,柳毅终于回到湖南家中,稍事安顿之后,就到洞庭湖去传书了。到那儿一看,果然有一棵社橘,柳毅照着龙女说的去做,敲了三下树干后,一个兵士模样的人走出来,问他有什么事。柳毅说要见大王,那兵士就带他朝湖里走去。兵士在前面分水,水就辟出一条大路来,柳毅一路走去,衣服都没沾湿。兵士又说:"你先闭上眼睛,一会儿就到了。"等柳毅再睁开眼睛时,他们已经在富丽堂皇的龙宫中了。

兵士把柳毅带到灵虚殿,说:"就在这儿等大王吧,大王到玄珠阁去和太阳道士讲《火经》了,很快就会回来的。"柳毅朝四周一看,顿时惊讶不已。殿中的柱子是清一色的汉白玉,地上铺的是晶莹光滑的青玉,珊瑚做床,水晶做帘,翡翠玛瑙、珍珠琥珀点缀得琳琅满目。人世间所能见到的珍宝,这里全都有。嗬!真是不得了。不一会儿,宫门大开,一大群随从簇拥着一位贵人走了进来。那人身披紫衣,手执青玉,神态十分威严。兵士见了,高兴地说:"大王来了。"

进来的正是洞庭龙王。他见了柳毅,觉得很奇怪,一面请他坐下,一面问道:"先生不远千里来到龙宫,不知为了何事?"

柳毅当即把他在泾水之滨遇见龙女的事,一五一十地说了一遍。说罢,他取出龙女托他带来的书信,交给洞庭龙王。洞庭龙王看完书信,不觉老泪纵横,哽咽着说:"这都是我的罪过呀。都怪我当初瞎了眼,没能看清那泾川小子的本性,害得我女儿吃了

这么多苦。先生陌路相逢，竭诚相助，我更觉得无地自容了。"说罢，龙王放声大哭，边上的人也跟着哭了起来。

洞庭龙王又把书信递给边上的侍者，让他送到后宫去。不一会儿，后宫里也传出了一片恸哭之声。洞庭龙王不觉又紧张起来，对边上的人说："快去告诉后宫，千万别哭出声，不能让钱塘君听见了。"

柳毅问："钱塘君是谁？"

洞庭龙王说："他是我的弟弟，当年是钱塘龙王，现在已经退下来不当龙王了。"

"为什么不能让他听见呢？"

"这你就不知道了。他脾气暴躁，勇猛过人，在天庭里是出了名的。最近他跟天将闹别扭，淹没了五座大山。天帝看在我们的兄弟情分上，才饶了他一命，一直将他拘禁在我这儿。钱塘的百姓都盼着他回去呢。"

话还没说完，只听得惊天动地一声巨响，龙宫顿时摇晃起来，四处冒烟，好不吓人！一条足足有一千多尺长的赤龙，怒目圆睁，伸出血红的舌头。它挣脱了头颈处的金锁链，冲天飞去。那金锁链原是锁在一根玉柱子上的。一时间雷霆万钧，四周雨雪冰雹纷纷落下来。柳毅哪里见过这种场面，吓得跌倒在地上。

洞庭龙王亲手将他扶起，连声说："别怕，别怕。"柳毅隔了好一阵子才恢复了平静，连忙请求告辞回去。洞庭龙王却笑着说："不碍事的，他去的时候十分可怕，回来时就大不一样了，你再在我这儿坐一会儿吧。"说罢，吩咐设宴款待柳毅，席间频频举杯，向他表示慰问。

酒过三巡，只觉得和风习习，祥云四起，在悦耳的音乐声中，从宫外走进一群美女，花枝招展，欢声笑语。走在后边的一个女子，貌若天仙，光彩照人，一身鲜艳的服饰把她映衬得越发动人。柳毅定睛一看，正是在泾川之滨托他传书的龙女。只见她满脸喜悦，却又隐约可见眼角下的泪痕。洞庭龙王喜溢于色地说："在泾川受苦的人儿回来啦！"说罢，他向柳毅告辞，也进了后宫。

不一会儿，只听得后宫里哭声、笑声、说话声闹成了一片，久久没有平息。洞庭龙王喜气洋洋地从后宫出来，又频频向柳毅劝起酒来。这时候，又有一个容貌高华、神采飞扬的中年男子走了出来，他身披紫色衣衫，手执青玉，站在洞庭龙王的左侧。洞庭龙王向柳毅介绍："这就是钱塘君。"柳毅连忙起身向他作揖致敬。

钱塘君向柳毅回了礼，诚恳地说："我的侄女遭到不幸，全靠先生仗义传书，才使她脱离苦海。我们全家人都非常感激你。"柳毅双手乱摆，一迭声地说："不敢当，不敢当。"

这时候，钱塘君开始讲述这次战斗的经过。他说："我辰时从这儿出发，巳时赶到泾阳，午时大战一场，未时就回到洞庭来了。这中间还到天庭去了一趟，向天帝报告了事情的经过。天帝很同情我们的冤屈，原谅了我们的过失，这次也一并赦免了以前的罪责。只是我一时发怒，急于复仇，来不及向兄长告辞，惊扰了龙宫，又冒犯了客人，实在抱歉，太对不起大家了。"

洞庭龙王问："你损伤了多少庄稼？"

"八百里。"

"那个无情郎在哪里？"

"被我吃掉了。"

洞庭龙王长叹一声："你做事也太鲁莽了。幸亏天帝原谅了你，不然的话，叫我如何交代？从今以后，你可再也不能这样了。"钱塘君连连点头，表示改过。

这一天，柳毅在凝光殿过夜。

第二天，龙宫里又举行盛大的宴会，凝碧宫里一派喜气洋洋，山珍海味、美酒佳肴，摆满了桌面。席间，有各种舞蹈：先是一群剽悍（piāo hàn）*的男子表演《钱塘破阵乐》，气势雄伟，震撼人心；接着是一群窈窕婀娜的美女表演《贵主还宫乐》，声音婉转，如泣如诉，如怨如慕，缠绵悱恻，催人泪下。舞蹈之后，宾主即兴放声高歌，抒发情怀。歌罢，洞庭龙王捧出一只碧玉箱，里面放着一只辟水犀牛角；钱塘君也捧出一个红珀盘，盛着一颗熠熠发光的夜明珠，都拿来送给柳毅。这一夜，人人尽兴，柳毅又被留了下来，在凝光殿过夜。

第三天，钱塘君在清光阁宴请柳毅。酒席之间，钱塘君借酒遮脸，不客气地对柳毅说："你听说过'猛石可裂不可卷，义士可杀不可羞'这句话吗？我有一段隐情要向你请求。如果答应了，皆大欢喜；否则，咱们同归于尽。"

柳毅说："我愿意听听看。"

钱塘君说："洞庭君的爱女在泾川遭受耻辱，真是家门的一大不幸。这个孩子天生丽质，聪明绝顶，亲族里人人夸她。今天我来做媒，许配给先生。这不正好使先生善始善终了吗？"

柳毅听他这么一说，觉得很不是滋味，心想："我要是娶了龙女，岂不玷污了我千里送书信的一片真情？别人还以为我是为了夺人之妻才做的。这可使不得。"他猛地站立起来，冷笑一声，高傲地回答道："想不到钱塘君竟如此卑劣！我柳毅起初见你疾

剽悍
表示敏捷而迅猛，也作慓悍。而彪悍强调强壮而勇猛，也称强悍。

恶如仇，刚烈勇猛，眼睛里容不得半粒沙子。你刹那间就挣断金锁，腾空而去，我实在佩服你是个真正的男子汉大丈夫。想不到今天你却在酒席之上仗势欺人，太让我失望了。倘若在惊涛骇浪之中你威逼我去死，我只是把你当作赤龙，倒也罢了。今天你衣冠楚楚地坐在我对面，说的是仁义道德，却倚仗庞大的身躯、蛮横的力气，乘着酒醉，威逼于我。我柳毅在你面前，固然十分渺小，却还是敢挺起胸膛说一声'不！'，你就看着办吧。"

他的一番话说得理直气壮，掷地有声，钱塘君不觉吓出一身冷汗，也连忙站起身来，红着脸说："对不起，只因我自小粗野，不明事理。刚才我说的那番话确实很不应该，冒犯了先生。现在我全部收回，只当没说，务请先生原谅。"

第四天，柳毅告辞回家，洞庭龙王夫人又在潜景殿设宴，为他饯行。龙王夫人再三向他表示感谢，还让女儿出来见过柳毅，当面致谢。临走时，龙王夫人送给柳毅的奇珍异宝多得不胜枚举。

柳毅从洞庭湖里出来，后面跟着十几个人，为他搬运龙宫馈赠的礼物，一直送到他家，才一一辞去。柳毅把这些奇珍异宝拿到广陵（今扬州）的珠宝店去卖，才卖掉百分之一，他就已成为方圆百里首屈一指的大富豪了。

柳毅娶了个姓张的妻子，不久妻子就死了；他又续娶姓韩的女子，才几个月，她又死了。最后，柳毅把家迁到了金陵（今南京）。

这时候，有个媒人来说，有个姓卢的女子，年纪轻轻就守了寡，和你倒是蛮匹配的。柳毅一听，也觉中意，就托媒人求亲。卢家也是名门贵族，一口答应了这门婚事。

婚后一个多月，有一天傍晚，柳毅走进洞房，恍恍惚惚之间，只觉得妻子卢氏怎么跟龙女长得那么相像，只是妻子逸艳丰厚，似乎还要胜过龙女，就忍不住跟妻子说起当年为龙女传书的事。妻子笑笑说："世上哪会有这种事，夫君或许是在做梦吧？"

后来，妻子卢氏生下了一个白白胖胖的儿子。在孩子满月那天，大摆宴席，招待亲友。等到客人都走了，卢氏这才笑盈盈地对柳毅说："今天我终于可以跟你说实话了。我就是你当年救下的洞庭龙女呀。你的大恩大德，我一直铭记在心。当初叔父钱塘君一时莽撞，做媒不成，使得我们两人无法结合。父母后来又把我嫁给了濯(zhuó)锦江*龙君的儿子，我万般无奈，只得从命。现在知道你先后娶妻都已亡故，我的夫君也死了，这才实现了我的夙愿。从今往后，我们相亲相爱，白头偕老，再也没有什么抱憾的了。"回想起他们这段艰难曲折的姻缘，龙女忍不住又流下了热泪。

柳毅知道妻子就是龙女，真是惊喜交加。他紧紧拉住妻子的手，说出了自己的心里话："当年在泾川相遇，我确实是满怀义愤，为你鸣不平，那时候我一直控制着自己的感情，觉得不可乘人之危；虽然对你有好感，也还不敢往心里去。后来你叔父钱塘君威逼我成婚，我又以为士可杀而不可辱，岂能杀其夫而夺其妻，故而一口拒绝，其实事后却十分后悔。等到龙宫饯行，与你告别之时，你那依依不舍的神情，深深震撼着我的心，只觉得我柳毅今生今世做了一件大傻事，怎么可以把这么好的一位女子拒之于门外呢？可是大丈夫一言既出，驷马难追，众目睽睽之下，我又无法改口，只得带着无限的惆怅，离开了龙宫。想不到几经波折，我们终于还是成了夫妻。这大概是老天爷帮的忙吧。"

此后，他俩夫妻恩爱，过着幸福的生活。有人说，柳毅因为与龙女结婚，后来也成神仙啦。

濯锦江
在今四川成都市郊，又名浣花溪或百花潭，是蜀锦的产地。

【故事来源】

据唐朝李朝威《柳毅传》译写。至今，在洞庭湖君山的龙舌山麓，有一处景点叫"柳毅井"，这口井深十多米，建筑别致，井壁有许多浮雕。这些浮雕雕刻的据说是带柳毅进入龙宫的巡海水神和虾兵蟹将；井边有一座鸳鸯亭，称作传书亭。

追踪盗宝贼

武则天做了皇帝，赐给她最宠爱的女儿太平公主两盒奇珍异宝，这些珠宝光彩夺目，价值连城。太平公主喜欢得不得了，小心翼翼地把它们藏进箱子，加上几道锁，放在自己的卧室里，轻易是不拿出来看的。谁知道除夕那天，箱子竟空啦。

这可不得了！门没开，窗不破，珠宝到哪里去了？太平公主不敢怠慢，赶忙禀告武则天。武则天非常恼火，立即召见洛阳的地方长官，声色俱厉地下了道圣旨："限三天破案。破不了案，就要治你这个洛州长史的罪！"

洛州长史领了旨，回到洛阳府，传来洛州所属两个县的县令，板着脸训斥起来："太平公主珍藏的两盒珠宝突然被盗，龙颜震怒，限两天破案。破不了案，先杀你们二人的头，听清楚了没有？"

两个县官无可奈何，垂头丧气回到县衙门，各自唤来手下的一班公差，先对他们一顿臭骂，然后上行下效，如法炮制，再来个层层加码，要求手下的公差一天破案，抓不到盗宝贼，提头来见！

这下，几十个公差一个个像苍蝇掐掉了头，在洛阳城里到处乱窜，一看见形迹可疑的人，就先抓起来再说。一时间鸡飞狗跳，人心惶惶。

这件事惊动了一个人。此人名叫苏无名，在湖州做别驾，办案子有一套本事，在江南一带赫赫有名。他这次到洛阳办事，见城里乱哄哄的，不觉微微一笑，在大街上拦住几个公差，说道："诸位奔波一天，怪可怜的。你们把我抓去交差，岂不是好，也可以了结一桩公案，早些回家休息。"

公差们哪里会相信他的话，但再一细想，交不了差可是要"提头来见"的，岂不更糟！大家相互递递眼色，心想，将错就错，先过了这一关再说吧。于是蜂拥而上，将苏无名绳捆索绑，送进了县衙门。

县官一见，哎哟不对，这人是鼎鼎大名的湖州别驾，怎可乱捆乱绑？他吓得滚下堂来，连忙亲手替苏无名松绑。县官一时下不了台，只好板起面孔骂起公差来："哼！越来越不像话了，竟敢诬陷别驾大人。你们知罪吗？"

苏无名依旧笑呵呵地对他说："不必发怒，这里有个原因。我在湖州做了几年官，捉拿盗贼凶手还是有点小办法的。今天这事不怪他们，是我在街上遇见了他们，自愿让他们把我捆起来，特地到县衙门来给你解围的。"

县官一听，原来是这么一回事，好不高兴，连忙请苏大人上座，吩咐手下人泡上好茶，替苏大人压惊，一面又恭恭敬敬地请教捉拿盗贼的办法。

苏无名说："不必性急。我们一起去见洛阳府吧，到了那里我会说的。"

洛州长史知道了，走下堂来迎接，握着苏无名的手，连声说道："真是感激万分，真是感激万分，你这一来，救了兄弟我一条性命。不知该怎么谢你才好呢！"

说罢，也要向苏无名请教破案的计策。

苏无名笑了笑，还是不肯露底，说事关重大，不可草率，还是一起去见过皇帝再说吧。

于是，武则天亲自召见苏无名，要他拿出破案的办法来。

苏无名说："破案不难，不过陛下得依小臣三条。"

"哪三条？"

"喏，一是不要限死破案的时间；二是不要让府、县两级官员夹在里面瞎追乱捕，打乱我的步骤；三是两县捉拿盗贼的几十名公差统统归我调遣。如果依我这三条，不出几十天工夫，小臣一定把盗贼连同珠宝一并擒拿归案。"

武则天一听，苏无名说得有条有理的，看样子破案很有把握，就一口答应了。

回到洛阳府，苏无名召集两县的公差训话："从今天起，大家放宽心，只当没有这件公案，四处走走，留神看看，该做啥的还是去做啥，我们来个外甥打灯笼——一切照舅（旧）吧。"公差们是丈二和尚摸不着头脑，不过一想这可是皇帝都信得过的大人，就服服帖帖地答应一声，出了衙门，各干各的事去了。

到了寒食节那天，苏无名起了个大早，把所有的公差召集来，对他们说："养兵千日，用兵一时，今天正是用你们的时候。你们五人一组，十人一帮，化装成平民百姓，到东门、北门一带去兜圈子。要是见到有十几个北方人，披麻戴孝，出洛阳城到北邙（máng）山*去扫墓的，就悄悄跟在他们后面，看他们究竟干些什么，回来详细向我报告，不得有误。"

不一会儿，一名公差奔过来报告："大人，果然有十几个北方人出城扫墓去了。"

"好。马上出发。大家谨慎小心，千万不可打草惊蛇。"说

北邙山
历史文化名山，位于河南省洛阳市北、黄河南岸，是秦岭山脉的余脉、崤山的支脉。北邙山上，现存有秦相吕不韦墓，汉光武帝刘秀的原陵，西晋司马氏、南朝陈后主、南唐李后主的陵墓，以及唐朝诗人杜甫、大书法家颜真卿等历代名人之墓。

完,苏无名亲自来到城外。预先埋伏在那儿的公差前来向他报告:"刚才这十几个北方人披麻戴孝,来到一座新坟跟前,设奠扫墓,呜呜咽咽地哭了一番,不过一看就知道是猫哭老鼠假慈悲,只听见声音,看不见眼泪。他们围着这座新坟兜了一圈以后,却又一个个笑出了声。也不知道这葫芦里卖的是什么药?"

苏无名听公差们报告到这里,顿时两眼放光,腾地站了起来,大声吩咐:"时候到了,把他们统统抓起来!"

公差们把盗贼一个不漏地押走之后,苏无名又吩咐手下人立即把这座新坟掘开,只见里面是一口崭新的楠木棺材。撬开棺材盖一看,嗬,好家伙,里面竟是满满一棺材的金银财宝,太平公主丢失的那两盒珠宝也好端端地放在里面。

苏无名捧着这两盒珠宝,直奔皇宫,求见武则天。武则天打开盒盖一查,珠宝一件也没少,有些不相信自己的眼睛了,忍不住问道:"洛阳府这么多官员都抓不住盗贼,你初来乍到,有什么奇计妙策,竟能这般迅速破案?"

苏无名这才一五一十地说出了内中的奥秘:"那天,我进京正好看见这帮北方人出殡,哇啦哇啦地哭得震天响,却不见一个人在真正悲伤地哭,只隐隐约约觉得他们的神色倒是很紧张;扛棺材的人一个个满头大汗,气喘吁吁,仿佛棺材也特别沉。我跟着他们走了一段路,发觉他们的白衣裳里面好像插着凶器,戒备森严,非比寻常。当时我刚到洛阳,人地生疏,不敢贸然动手,也不知他们究竟为了什么,不便久跟,怕打草惊蛇,所以就回客栈去了。第二天,听说洛阳府正在搜捕盗宝贼,我想,这两盒珍宝非同一般,轻易也不能兑换银钱出手的,十有八九盗宝贼会先找个严密的地方藏起来。于是我想到了这帮北方人的可疑行为,只是那时候不知道他们把棺材埋在了哪里。如果当时陛下勒令即刻破案,府县被迫,穷搜乱追,他们势必会狗急跳墙。万一他们趁人不备,取出赃物潜逃外地,远走高飞了,这个案子就更难破啦!所以我请求放宽期限,不要逼得太紧,让盗贼们也好松一口气。等寒食节一到,估计他们一定会借扫墓的机会,出城去查看赃物,所以我就特地派人盯梢。后来见他们又在假哭,便推断那坟墓里葬的不可能是死人了。他们祭奠之后,围着新坟巡视一圈,竟一个个地笑出声来,这不就是在说,他们藏的赃物完好无损,尽可以放心吗?这个时候不抓他们,更待何时?"

武则天听了,十分赞赏,当即赐给他一大笔财物。从此,湖州别驾苏无名的名气也越来越大了。

【故事来源】

据《太平广记》卷一百七十一引唐朝牛肃《纪闻》译写。

慧能传衣钵

禅宗是中国佛教的一个重要宗派。相传，它的创始人菩提达摩在南北朝的时候来到中国，在嵩山少林寺"面壁十年"，深入禅定，创立了禅宗。以后，他的衣钵代代相传，经过慧可、僧璨、道信几代，传到弘忍大师手里，正好是五祖。五祖弘忍年岁大了，又要选择接班人了，他手下有那么多经过剃度的和尚，也很有学问，他却一个也选不中，最后选中的是还没有剃度的年轻人慧能。

慧能是怎么被弘忍看中的呢？这里有一个很有趣的故事。

慧能俗姓卢，祖上住在范阳（今河北涿州一带）。慧能的父亲遭到贬谪，被流放到岭南，后来才在新州（今广东新兴县）定居下来。慧能从小死了父亲，母亲守寡在家，日子很艰难。慧能没有读书，每天进山打柴，然后挑到集市上去卖。

大约在唐高宗龙朔年间，慧能还是个二十岁出头的年轻人。一天，他挑柴到集市上卖，听有人在念《金刚经》，竟不由得被经文打动了，就站在边上聚精会神地听，心领神会，顿时开悟。

念经的人告诉他，湖北蕲州黄梅县东禅寺，有位得道高僧弘忍大师，传播佛教，名气很大，手下有一千多个门徒呢。慧能听后，不觉动了心，回到家里，安置好老母亲，就一个人风尘仆仆地北上，要去拜弘忍为师。

弘忍这时候早已是禅宗的五祖大师了，名声远扬，每天都会有人来求见，什么样的人没见过呢。他朝慧能看看，只见他长得很矮小，相貌平常，衣衫褴褛，满身尘土，就没怎么把他放在心上，只是随口问道：

"你从哪里来？"

"从岭南来。"

"来这里做什么？"

"我想投到大师门下，修炼成佛。"

弘忍笑了起来，觉得这个年轻人实在有些狂妄，就故意给他泼一盆冷水，说道："岭南是个偏僻的地方，那里住的都是些尚未开化的蛮夷，怎么能成佛呢？"

慧能却十分认真地回答："我听人家说过，人虽有南北的差别，佛性却是不分南北的；蛮夷人的身体和大师有些不一样，不过每个人的佛性应该是不分高下的吧。"

听到这里，弘忍心中一动，已觉得眼前这个年轻人非比寻常，将来一定前途无量。他很想继续跟慧能交谈下去，再一看，四周众弟子都围在身边，有话不便说，就故意大声呵斥他："年轻人好高骛远，口出狂言，你可会做什么功德？"慧能马上听懂了弘忍的意思，老老实实地回答说："我只会干些粗活。"

弘忍一挥手，说："既然如此，那就到后院去干活。"也不说收他做徒弟，更不说替他剃度，只是把他当作一个做杂活的用人收留了下来。到了后院，有人让他劈柴扫地，踏碓（duì）舂（chōng）米*，他毫无怨言，一干就是八个月。

八个月过去了，弘忍召集手下所有的弟子，向他们宣布一

踏碓舂米
踏碓由两部分组成，一部分是一个凹坑，放入待加工的谷物；另一部分是一段长木，长木上臂一端安装击锤，人踩踏长木的另一端，使击锤冲捣凹坑里的谷物，脱去皮壳。舂米就是谷子去壳的过程，舂出来的壳就是米糠，剩下的米粒就是我们吃的白米。

件事："你们跟我学法，学很久了，一定各有心得体会，现在要求每人深思熟虑，写一首偈(jì)颂*，交给我。谁的偈颂写得好，最能领会佛法的精神，我就把衣钵传给谁，让他做第六代祖师。"

弘忍大师要挑选禅宗传人，可是件大事。当时在寺里的弟子有七百多人，大家在一块儿商议说："这偈颂可不能乱做的，要知道神秀上座是我们大家的教授师父，学问在我们每个人之上，他最有资格做弘忍大师的传人了。我们跟他有什么好争的？谁要是不识相，凑热闹作了一首偈颂，到头来偷鸡不着蚀把米，反而得罪了神秀上座，今后的日子怎么过？"这么一商量，就谁也不敢作偈颂了。

神秀也在心里想："这事真不好办。我要是作一首偈颂交给大师，似乎显得我要坐六祖的宝椅，这和凡夫俗子争夺皇位有什么两样？太俗气了，也违背了佛教的本义。不过，要是我不作偈颂，大师怎么知道我的佛法深浅，而我也永远得不到他的真传。"所以他左右为难起来，想写，又不敢写；不写，又想写，以致心乱如麻，坐立不安，焦虑万分，精神恍惚。最后他把自己作的偈颂偷偷地写在讲经堂前走廊的墙壁上，想看看弘忍大师是什么态度。

他的偈颂是这样的：

身是菩提树，心如明镜台；
时时勤拂拭，勿使惹尘埃。

> **偈颂**
> 佛经中的唱颂词，每句三字、四字、五字、六字、七字以至多字不等，通常以四句为一偈；亦多指佛家隽永的诗作。

慧能传衣钵

菩提本無樹，明鏡亦非臺，本來無一物，何處惹塵埃。

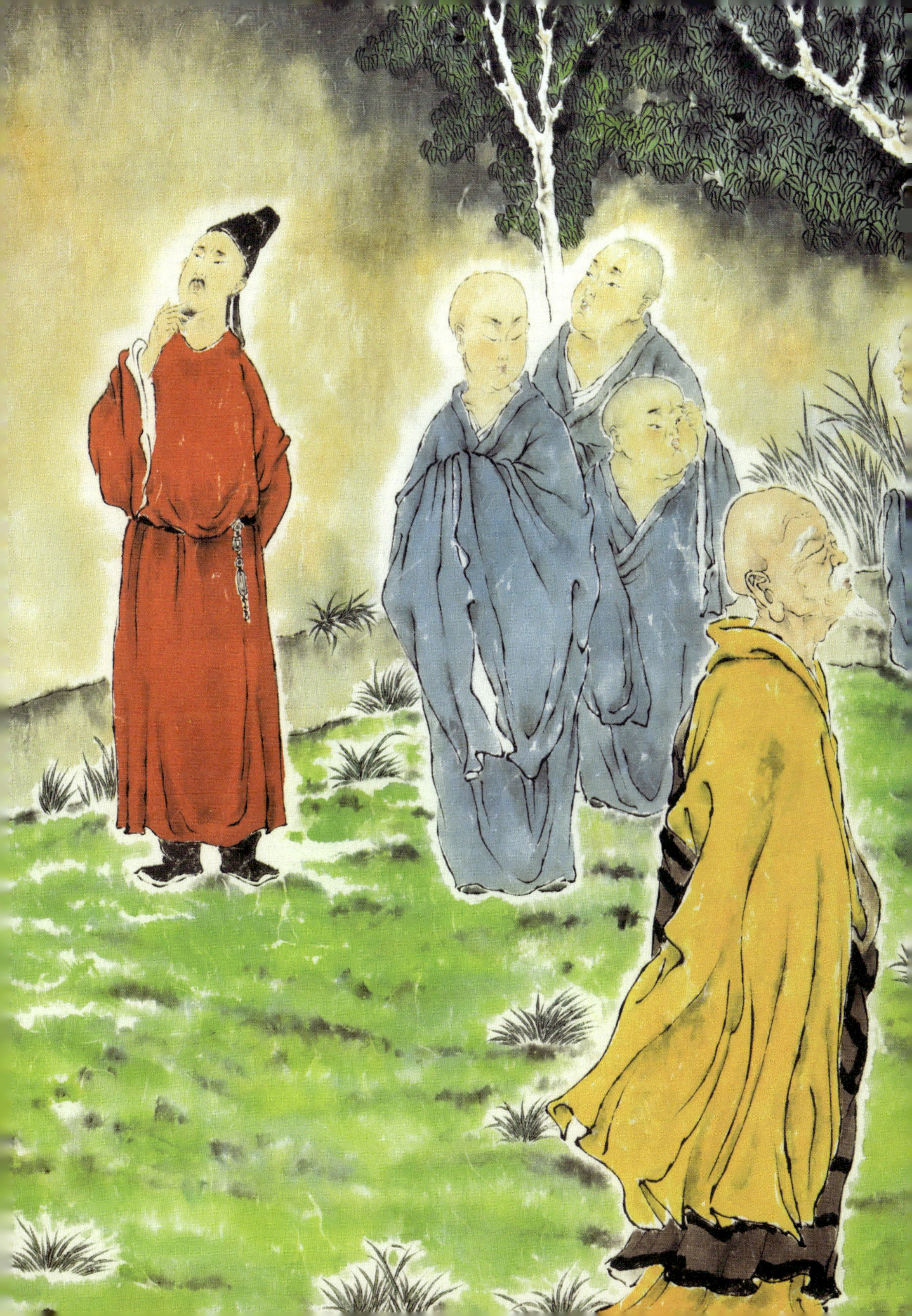

第二天一早，大家都看见了这首偈颂。弘忍大师过来一看，闷声不响；过了一会儿，又召集全寺上下，对大家说："你们都应该对着这首偈颂焚香礼拜，虔诚诵读，仔细体味内中的含义。"大家听了，都异口同声地称赞这首偈颂作得好，一遍遍地诵读起来。

半夜三更，弘忍把神秀叫来，问他："这偈颂是你作的吗？"

神秀惶恐地回答说："我并不想妄求六祖的位置，只希望师父以慈悲为怀，给我指点一番，看看徒儿是不是有了些慧根？"

弘忍不客气地对他说："从这首偈颂来看，你虽然到了佛门的门口，却还没有真正入门。凭你现在这样的水平，要想获得至高无上的觉悟，还有一段距离。你先回去，好好想上一两天，再作一首偈颂拿来给我看，如果能够入门，我就把衣钵传给你。"

神秀退出来之后，一连几天冥思苦想，搜肠刮肚，动足了脑筋，却实在作不出更好的偈颂来。

再说，慧能只是个做粗活的人，所以作偈颂的事谁也没告诉他。这一天，有个小和尚路过碓房，嘴里正念着神秀作的那首偈颂，被慧能听见了。慧能拉住小和尚一问，才知道有这么一回事。他十分聪明，只听一遍，心里就明白了，知道神秀上座这首偈颂虽然境界已经很高了，但毕竟没有入门，离佛的本性还有好大一截呢，有心要帮他改一改。

慧能一个人来到讲经堂前的走廊上，看见江州别驾张日用也正在仔细琢磨这首偈颂的含义，就恭敬地对张日用说："上人，我不识字，你能为我念一遍吗？"张日用就为他念了一遍。慧能又说："我也作了一首偈颂，请上人为我写出来吧。"

说罢，他不慌不忙吟出一首偈颂来：

菩提本无树，明镜亦非台；
本来无一物，何处惹尘埃。

张日用一听，大吃一惊，只觉得这首偈颂里有一股超凡入圣、大彻大悟的气息扑面而来，比神秀作的那首不知要高出多少倍。他心里一阵激动，当即提起笔来，"唰唰唰"一口气把偈颂写到了墙上。

众人见了，议论纷纷，异口同声地说："真是有眼不识泰山，想不到他初来乍到，就成了活菩萨。"

弘忍大师闻声赶来，一见这偈颂，便心中明白，眼前的慧能已经达到了成佛的境界，悟透了心即是佛的道理，他就是自己最理想的传人。弘忍大师又一想，慧能的地位实在太低下了，别人要是嫉妒他，不费吹灰之力就可以将他谋害。为了保护慧能，弘忍大师故意脱下鞋子把那首偈颂擦掉了，对弟子们说："不要瞎起哄，这首偈颂也不过如此，都走吧。"

第二天，弘忍悄悄来到碓房，见慧能正在满头大汗地舂米，感慨地说："求道的人为了佛法而甘愿献身，是应该吃苦的！"说罢，闷声不响，用拄杖在石碓上敲了三下，走了。

慧能心领神会，到了半夜三更时分，一个人悄悄走进了方丈室，谒见弘忍大师。弘忍用袈裟遮住门窗，不让灯光露出去，担心被别人看见。他给慧能讲解起《金刚经》来，讲了一遍，慧能就全部领会了经义。弘忍十分高兴，把代代相传的衣钵郑重交给了慧能，并语重心长地对他说："从今天起，你就是禅宗六祖了。不过你资历还浅，众人不服，恐有生命危险。你带着衣钵，速速逃往南方去吧；十多年之后，方可出头，以衣钵为证，振兴禅风。"

第二天，慧能悄悄地离开了东禅寺。十五年之后，慧能觉得时机已经成熟，才在广州法性寺登坛讲经，并由印宗法师为他剃度，成为一名真正的僧人。后来慧能离开法性寺，回到韶州曹溪，主持宝林寺，广收门徒，使得禅宗出现了一个空前未有的崭新局面。

【故事来源】

据唐朝慧能《坛经》、宋朝赞宁《宋高僧传》卷八综合译写。

王勃写《滕王阁序》

王勃，字子安，绛州龙门（今山西河津）人，是唐朝初年著名的文学家。他才华横溢，与杨炯、卢照邻、骆宾王并称为"初唐四杰"。

传说王勃在十四岁那年，乘船到南方去探望父亲，船停泊在马当（今江西彭泽东北）的埠头时，有个白胡子老公公对他说："都督阎伯屿新修滕王阁，明天落成，要在那里大会宾客，还要写文章留作纪念。你文才出众，何不趁此机会崭露头角，让你的文章流芳百世呢？"

王勃一听，跃跃欲试，再一想："滕王阁在洪州（今江西南昌），距离马当有六七百里路呢，就是今夜连夜开船，也绝对赶不到的，这可如何是好？"

老公公看出了王勃的难处，笑呵呵地说："不必为难。我助你一程清风，包你明天一早赶到洪州。"

王勃还是不相信，风怎么送？你也不过是一句空话罢了。谁知道老公公拍拍胸脯说："我是掌管中原水府的水神，送你一程清风，岂不是小事一桩！你就放心上路吧。"王勃这才露出了笑容，连声向老公公道谢，当即上船，吩咐船老大张开船帆，拔篙起程。这时候，江面上果然刮起一阵大风，船上的人只听得耳边呼呼作响，不到天亮，船就停泊在洪州的埠头上了。

到了洪州，王勃就去拜见都督阎伯屿。阎伯屿见来了个少年，也不在意，一挥手，让他一起参加今天的宴会。

却说这滕王阁，坐落在赣江边上，原是唐太宗的弟弟、滕王李元婴任洪州都督时建造的，所以就以他的封号来给阁命名。阁高九层，雄伟壮观，与武昌的黄鹤楼、岳阳的岳阳楼齐名，被称为江南三大名楼。这一次，都督阎伯屿主持修建，也想流芳百世，特地让他的女婿孟学士精心构思，反复推敲，起草了一篇《滕王阁序》，准备在宴会上露一手。

这次宴会，规模很大，附近的达官贵人、社会名流，差不多都到了场。酒过三巡，阎伯屿拿出纸笔，假意要请在座的文士撰写一篇《滕王阁序》，记述这次盛会。赴宴的宾客心中有数，这无非是假客气、做做样子的，所以你推我让，谁也不肯答应。

王勃少年气盛，心想：我特地连夜赶来，就是要写这《滕王阁序》的，怎么肯错过这个好机会呢？所以等到纸笔递到他面前的时候，他老实不客气地接了过来，开始动手写了。

阎伯屿一见，不觉勃然大怒，心想：哪里来的轻狂少年，不知天高地厚，居然到我的面前卖弄起来！他把脸一沉，一拂衣袖，离开大厅，到书房喝茶去了。

阎伯屿进了书房，却放心不下大厅上的事，就吩咐他的书吏通风报信。王勃每写几句，那个书吏就进去如实禀报。他倒要看看这个王勃究竟有多大能耐。

开头，书吏来报告，说是"南昌故都，洪都新府"。阎伯屿鼻子一哼，不以为然，随口说了一句："也不过是老生常谈罢了。"

过了一会儿，书吏来报告，说出"星分翼轸（zhěn），地接衡庐*"

星分翼轸，地接衡庐

星分，意思是以天上的星宿划分地上的区域。翼轸，指八宿中的翼宿和轸宿，古为楚之分野。这句话的意思是滕王阁在天上的方位属于翼、轸两星宿的分野，地上的位置连接着衡山和庐山。

这两句时，阎伯屿心中一动，不开口了。

就这样，随着书吏一次次来报，阎伯屿的态度也在起变化，等到书吏来说"落霞与孤鹜齐飞，秋水共长天一色"的时候，阎伯屿再也坐不住了，忍不住拍案叫绝，站起身来说："这真是个天才，看来这篇文章要流芳百世了！"

王勃一气呵成，写出了《滕王阁序》，在座的宾客人人赞叹不已。阎伯屿也眉开眼笑地把王勃请到上座，不再小看这位少年了。

【故事来源】

据五代王定保《唐摭(zhí)言》卷五《以其人不称才试而后惊》、宋朝委心子《新编分门古今类事》引唐朝罗隐《中元传》综合译写。后代文人常用"马当风送滕王阁"喻指时来运至。至于《滕王阁序》在文学史上的地位，自然是众所周知的了。

陈子昂碎琴

唐朝武则天掌权的时候，有个诗人名叫陈子昂，梓州射洪（今四川射洪）人。他的《登幽州台歌》"前不见古人，后不见来者，念天地之悠悠，独怆然而涕下！"，语言苍劲奔放，深刻表现出他怀才不遇、孤寂悲怆的复杂情感，堪称千古绝唱。

说起陈子昂的怀才不遇，有这么一个小故事。

当年陈子昂从家乡来到京师长安，本想以他的文才，求得一官半职。谁知道在那时候的官场上，许多人其实并没有什么真才实学，凡事都论资排辈，讲究出身地位，他们只知道巴结权贵，趋炎附势，花天酒地，纸醉金迷。陈子昂多次求见，他们理也不理；送上去的诗文，他们看也不看；总以为他是个乡下来的无名小卒，不会有什么大学问的。陈子昂在长安一住就是十年，仍旧默默无闻。

这天，陈子昂百无聊赖，一个人上街闲逛，走到东市，正好看见有人在那里卖一把胡琴，开价很高。市场上有钱的人倒是不少，一听说这把胡琴很贵，一时好奇，都过来看看。你拿起来摸摸，他用手去拨拨，可是谁也不知道这把胡琴究竟好在哪里，为什么要开这么高的价。围观的人越来越多，个个都觉得新奇，却谁也不肯掏出钱来买这把胡琴。

陈子昂在边上冷眼相看，忽然莞然一笑，排开众人，走上前去，对那个卖胡琴的人说："这把琴不错，多少钱？"

"一千缗(mín)*。"

"不贵不贵，我买下了。"

陈子昂转头对自己的书童说："回去拿一千缗钱来。"

边上的人一听，嗬！这个人的口气真大，一千缗钱可不是个小数目，他居然挥金如土，连眼睛都不眨一下，此人一定大有来头，就都过来跟他攀谈起来。有人问他："你出这么高的价钱，买它有什么用？"

陈子昂毫不在意地答道："这是把好琴，我一向喜欢拉胡琴，买回去玩玩儿。"

大伙儿一听，原来这是一位琴师，越发有兴趣了；其中一个酷爱乐曲的公子哥儿一把拉住了陈子昂，急切地说："你能拉个曲子让我们大家一饱耳福吗？"

陈子昂说："这有何难？"随即朝西一指，"喏，我就住在宣阳里，离这儿不远。诸位有兴趣的话，欢迎明天光临。我那儿还有一瓮好酒，是山西杏花村的，届时尽可一醉方休。不但欢迎诸位光临，还希望大家代我邀请长安城里的知名人士一起来，敝人将不胜荣幸！"

第二天，陈子昂在宣阳里长安有名的酒楼举办丰盛的筵席，热情招待宾客。消息不胫而走，长安城里的文人雅士听说有一个人花一千缗买了一把好琴，要在宣阳里献艺，就一下子都来了，一共有一百多人到场。陈子昂笑容可掬，招呼大家一一入座，酒过三巡，他从里屋捧出这把胡琴，对客人们说："我是四川人陈子昂，写有诗文一百多卷，风尘仆仆来到京都长安。原想以文会

> 缗
> 成串的铜钱，每串一千文。

友，一展宏图，谁知命运乖蹇(jiǎn)*，事与愿违，十年奔走，却依旧默默无闻。说到这胡琴的技艺，怎么可以跟诗文相比呢，我是从来不去留心它的。"说罢，他举起这把花了一千缗高价买来的胡琴，毫不吝惜地朝地上摔去，顿时琴被摔得粉碎。

客人们还没醒悟过来，早有书童抬出满满两筐的诗文，陈子昂亲自动手，把这些诗文作品拿来一一分赠给在座的文人雅士。

陈子昂买琴摔琴的豪爽举止给这些文人雅士留下了十分深刻的印象。宴会之后，他们回到家中，吟读陈子昂的诗文，不觉为他的出众才华所叹服。一时之间，陈子昂声名大振，建安王攸宜请他去担任记室。

从此，陈子昂碎琴的故事便在长安流传开来。

乖蹇
意思是事事不顺遂，命运不好。

【故事来源】

据唐朝李冗《独异志》译写。《太平广记》卷一百七十九引《独异志》，作《陈子昂弃琴》；《唐诗纪事》卷八《独异志》，作《陈子昂碎琴》。

歌仙刘三妹

唐中宗神龙年间，广西出了个远近闻名的歌仙刘三妹。老人说，刘三妹的祖先就是汉朝的刘晨。刘晨是浙江人，那时候他和阮肇二人一起进天台山采药，和仙女成了亲。所以，刘晨的后代也都特别聪明。

到了刘三妹的父亲刘尚义手里，他们刘家才从浙江搬到广西浔(xún)州（今广西桂平、贵港一带），住了下来。刘尚义有三个女儿，大妹、二妹和三妹。三个女儿都很会唱歌，只是大妹和二妹早嫁，没有传下什么歌来。

三妹生于唐中宗神龙元年（705年），到了七岁的时候，就喜欢玩弄笔墨。她聪明伶俐，随便啥事一看就懂、一学就会，大家都管她叫女神童。

到了十二岁，刘三妹已经读懂了不少经书，又喜欢上了唱歌。当地的老人随便指一样东西，请她唱出来，她可以不假思索地马上唱出一首歌来，而且形容得活灵活现，入木三分，又很符合音律。消息一传开，方圆百里那些会唱歌的人，都闻风赶来，一个个都要和刘三妹当面锣、对面鼓地对一对歌，非要比出高低来。说来也怪，那些外地赶来的歌手有的只唱了一天，有的勉强唱了两天，就把肚子里的歌唱光了，张口结舌再也唱不下去了。

看看刘三妹，好歌还只是刚刚开了个头，早着呢。于是，那些歌手一个个都灰溜溜地走了。

刘三妹一天天长大，出落得越来越漂亮，见了她的人，没有一个不喜欢的。但是刘三妹为人很正派，只答应跟别人对歌，所以谁也不敢在她面前有半点放肆。刘尚义还是怕出现什么麻烦，就把她许配给了林家。

十七岁那年，刘三妹快要出嫁了，正在家里忙着做嫁衣时，从朗陵（今湖南常德）白鹤乡来了一位少年秀才。姓张，名叫伟望，说是久闻歌仙刘三妹的鼎鼎大名，十分倾慕，所以跋山涉水、千里迢迢地赶到浔州，要跟刘三妹对歌。

主人和客人见了面，每一句话，都用歌声来表达，句句动听，声声悦耳。对歌引来了周围乡亲们，大家围得里三层外三层，好不热闹。村里人一商量，说这样好听的对歌过去从来没听过，得让大伙儿听个够，于是一起动手，在野地上搭起了一个高台，请刘三妹和张秀才两人上台，当众对歌。

上了台，他俩一个人唱《阳春》，一个人唱《白雪》，歌声悠扬，缠绵悱恻，抑扬顿挫，此起彼伏，分不出高低。天上的浮云听到了，不禁停了下来；日月星辰听到了，也放慢了脚步，想下凡来倾听一番；远近的男女老少都赶来了，好几百个人把歌台团团围住，挤得水泄不通。他俩一连唱了三天三夜，饭也忘了吃，觉也忘了睡，歌声一直不断。

远处还有不少人络绎不绝地赶来，推推搡搡的，一时间人声嘈杂，影响了对歌。刘三妹对张秀才说："这个歌台太低了，我们唱歌的声音也很不清晰。我们到山顶上去吧，我和你乘兴再唱上七天七夜，怎么样？"张秀才兴致正浓，也是欲罢不能，自然一口答应，说道："好啊，既然你看得起我，我一定奉陪到底。"

于是，他们两人一起上了山顶，面对面地坐着，对起歌来。他俩的歌声悠扬嘹亮，直上九重云霄；他俩的歌声婉转动听，响彻四面八方。唱啊，唱啊，一口气又唱了七天七夜。

到了第八天，村里人一早醒来，远远望过去，只看见他俩的身影，却再也听不到他们的歌声了。

大家议论起来，都说："他俩对歌已经对得很久很久了，大概是累了吧。快，快去请他们下山。"于是派几个小孩子，上山请他们回家。

孩子们上山一看，大吃一惊，连忙奔下山来报告："不得了啦，他们两人都变成石头啦！"

什么？变成石头了！这种事情可从来没听说过。老人说，看起来刘三妹和张秀才真的成仙了。大伙儿奔走相告，纷纷拥上山去，对着石人虔诚地叩起头来。

刘三妹那个还没成亲的夫婿也听到了这消息，将信将疑，急匆匆地赶上山去，想看个明白。一看，山上果然屹立着两块石头，就和活着的刘三妹和张秀才一模一样，像极了。他心里一激动，忍不住放声大笑。这一笑，他也变成了一块石头。

如今到浔州西山的人，还可以在山顶上看到三个石人。刘三妹的家乡，人人都喜欢唱歌、对歌，而且一个比一个唱得好听。大家说，这是刘三妹传下来的歌风。

【故事来源】

据明朝张尔翮(hé)《刘三妹歌仙传》译写。新中国成立后，有歌剧《刘三姐》闻名海内外。

一行到此水西流

一行和尚是唐朝著名的高僧,是中国佛教密宗之祖,同时又是一位天文学家,精通数学和历法。他原名张遂,魏州昌乐(今河南南乐)人,出家后在嵩山拜普寂和尚为师,改名为一行。

一次,普寂和尚要在嵩山举行大法会,方圆百里的各路高僧纷纷赶来,一千多人都希望听他讲经传道。有个名叫卢鸿的读书人,博学多才,写得一手好文章,也隐居在嵩山,和普寂和尚是好朋友。普寂和尚就请他为这次大法会写一篇文章,作为纪念。

到了大法会这一天,卢鸿兴致勃勃,带着他精心构思的文章到寺庙里来祝贺。普寂和尚接过文章,一边放在香桌上,一边请卢鸿坐下喝茶。卢鸿说:"这篇文章足足几千字,其中不少字比较冷僻难读。你从寺里挑选一个最聪明的和尚出来,让我亲自教他读一遍,免得当众朗诵时读错了,贻笑大方。"普寂和尚连连称是,一想,徒弟当中要数一行最聪明,于是把一行叫了过去。

一行到了跟前,恭恭敬敬作了个揖,从香桌上取过文章,打开来粗粗一看,笑了笑,又把文章放回到香桌上了。

卢鸿很不高兴,觉得这个年轻和尚也太狂妄自大了,就算你个个字都认识,也得多看几遍才行,到时候万一读错了,看你怎么下台?不一会儿,和尚们全都汇集到大雄宝殿,大法会开始了，普寂和尚让一行读这篇文章。谁知道一行登上讲坛，几千字的文章，他竟一口气背诵出来了，中间没有一点儿停顿，而且一字不差。

卢鸿听得目瞪口呆，简直有点不敢相信。会后，他对普寂和尚说："这是个天才，不是你所教得了的，你让他到天下的名山大刹去游学吧。"

从此，一行和尚开始周游天下，遍访名师，博采众家之长，学问大有长进。

那一天，他千里跋涉，来到浙江天台的国清寺，看到一个小小的院落，四周耸立着几十棵古松，门前有一条溪水，潺潺地流淌着，院门虚掩，听得见里面有人在做算术。一行一向喜欢算术，就站在门口倾听。

院里有个老和尚，正在桌上摆弄算子，摆弄一会儿之后，忽然自言自语地说："今天应该有个年轻人到这儿来向我学习算法，他应该到门口了，怎么还不进来呢？"他又摆弄了一阵，说道："门前的溪水向西流的时候，这个年轻人一定到了。"

一行一听，心中暗暗佩服：这个老和尚好厉害，怎么算得那么准？当即推门进去，跪在地上，要拜这个老和尚为师。旁边的几个小和尚奔出门一看，寺院门口的溪水，原先一直是由西向东流的，现在已经改成由东向西流了。

于是一行留在了天台，虚心向这个老和尚学习起算术来。从此，他的技艺又有了很大的进步。

开元年间，唐玄宗招聘天下学者到长安。一行也在其中，他埋头天文观测和历法改革，修成《大衍历》。这是当时世界上十分先进的一部历法，后来还传到了日本。

一行小时候，家里很贫困，常常吃了上顿没下顿。他家隔壁有个姓王的婆婆，时常接济他家，前前后后，少说也有几十万钱。后来一行到了京城长安，很受玄宗皇帝的器重，境况大不一样了。他常常在想，该好好报答报答这位大恩人啦。就在这时，王婆婆的独养儿子犯了杀人罪，被关进牢狱，还没有判决，看起来凶多吉少，性命难保。王婆婆心急如焚，就去找一行，求他帮帮忙。

一行和尚朝她苦笑，为难地说："婆婆如果缺钱，我拿出比当初多十倍的钱财来给你，也是完全应该的。可是今天的事情大不一样，王子犯法，与民同罪。我怎么可以求情呢？婆婆还是回去吧。"

王婆婆一听，勃然大怒，拍手跺脚地骂起人来："你这个没良心的家伙！早知今日，何必当初，我真是瞎了眼啦！"一行却只是在一边赔着笑脸，再三劝王婆婆息怒，求情的事却始终没有答应。

那时候，一行正在进行天文观测，寺院里有几百个工役供他差遣。他吩咐工役们安排一个空的房间，打扫干净，再去搬来一口大瓮，放在房间里。然后又挑选了两名可靠的小和尚，交给他们一个布袋子，对他们说："在某某坊的某某角，有一个荒废了多年的花园，你们两人去躲在那儿等候，从中午一直等到黄昏，会有一群畜生进来的，正好有七只，你们要一只不缺地逮住，装进布袋里带回来。切记，切记！"

这两个小和尚按照一行的吩咐到了那儿，等到黄昏时分，果然看见有一群小猪闯了进来，不多不少，正好是七只。两个小和尚好不高兴，一只不漏地把七只小猪全逮住了，装进布袋，带了回来。

一行见了，也很高兴，就把七只小猪放进大瓮，瓮口盖上木盖，再封上泥，又把这间屋子锁了起来。

第二天一大早，有个太监上门来说，玄宗皇帝有急事要召见一行。一行赶进宫，到了便殿，玄宗皇帝劈头盖脑地说道："不好了！太史来说，昨天夜里北斗星不见了。这是个什么兆头？大师有办法解救吗？"

一行和尚心里有数，要知道那天夜里北斗星私自下凡游玩，变成了七只小猪，现在都被他封在一口大瓮里呢，天上自然看不见了。为了救王婆婆的儿子，他不便兜底直说，就故意绕了个大圈子，摇头晃脑地对玄宗皇帝说："从古到今，天象的异常变化，往往预兆着人世间的治乱。现在北斗星不见，自然不是好兆头，说不定会有什么大的天灾人祸跟在后面。佛门主张普度众生，与人为善。以臣之见，陛下倒不如大赦天下，做一件好事，或许有救。"

玄宗皇帝对一行和尚一向很尊重，加上如今天上北斗星不见，这种事岂敢怠慢，于是当场下旨，大赦天下。

这样一来，王婆婆的儿子也就从监狱里放了出来。

当天夜里，太史发现天上出现了北斗星中的一颗星；第二天，又多了一颗；第三天，又多一颗；到了第七天，北斗星又恢复成原来的模样了。

这件事实在有些玄乎，京城里街头巷尾人人都在传说着，都说一行和尚确实是个了不起的人物！

【故事来源】

据唐朝段成式《酉阳杂俎》前集卷一、卷五综合译写。浙江天台国清寺至今有碑留存，上刻"一行到此水西流"七字。

唐明皇游月宫

唐朝开元年间，有个道士，名叫罗公远，都说他的本领大得不得了，上天入地，无所不能。

有一年中秋佳节，罗公远陪着唐明皇在宫里赏月，一边喝着美酒，一边观赏着明月，好不惬意。罗公远一时高兴，忽然眨眨眼睛，笑眯眯地对唐明皇说："陛下，良宵美景，机会难得，你想到月宫里去玩玩吗？"

什么？到月宫里去玩，这可是从来也没听说过的事。唐明皇是个出了名的风流天子，什么好玩就玩什么，听说能到月宫里去，当然十分高兴，一挥手，就让罗公远带路。

罗公远随手把自己手里的拐杖向空中抛去。说时迟，那时快，天空刹那间出现了一座银白色的天桥。罗公远拉着唐明皇的手，一步步走上天桥，越走越高，越走越高。

大约走了几十里路，只觉得眼前光彩夺目，寒气逼人，前面出现了一道富丽堂皇、高大巍峨的城墙。罗公远对唐明皇说："到了，这就是月宫。"

进了城门，有一个很大的庭院，地上铺着洁白的玉石，晶莹透明，几百个楚楚动人的仙女，穿着宽袖的白练长裙，婀娜多姿，翩翩起舞。舞姿优美典雅，飘逸飞扬，都是人间从来没见过的。唐明皇越看越入迷，忍不住上前问道："这是什么曲子呀？"

一个仙女对他说："这是《霓裳羽衣曲》。"

唐明皇聪明绝顶，平日里很喜欢吹笛子，击羯(jié)鼓*，有时兴致浓起来还会上台演上一段戏。现在看见这么好的舞蹈，怎么会不心动呢？于是，他默默地用心把曲谱记了下来。

羯鼓
一种少数民族的乐器，据说来源于羯族，两面蒙皮，腰部细，用公羊皮做鼓皮。

舞蹈结束以后，他们告辞仙女，往回走。唐明皇回头看脚下的天桥，觉得奇怪极了，他们一边走着，身后的桥一路消失。半路上，他们正好路过一个城市的上空，朝下望去，城墙、房屋的轮廓十分清晰，唐明皇忽然兴致勃勃，想吹笛子。可是手头没有带着玉笛，怎么吹呢？罗公远说："这好办！让边上的侍从到宫里去取一下就好了。"顷刻之间，玉笛取来了。唐明皇吹了一支曲子，又摸出几个铜钱来，扔到城里的街道上，这才回到宫中。

第二天一早，唐明皇上早朝，宰相姚崇和宋璟(jǐng)两人来到紫宸(chén)殿，禀报朝廷大事。谁知道唐明皇却只顾闭着眼睛想心事，也不知道他听进去了没有。两个宰相只好硬着头皮再说一遍，谁知道这么一说，结果越发不对，唐明皇索性站起身来，朝里边走去了。

这时候，高力士也站在边上，觉得这事不对劲儿，就去劝他："宰相说的是国家大事，陛下怎么不理不睬，难道两个宰相说的都不对吗？"

唐明皇这才笑着说："哪里的话？只因为我昨夜到月宫去游玩，欣赏仙女们奏乐跳舞，有一支绝妙的曲子叫《霓裳羽衣曲》，我刚才一直在心里默默记诵着，生怕忘记了几句。至于他们在说些什么，我可半句也没听见。"高力士差点儿笑出声来，赶紧到内阁对两位宰相说明情况，两位宰相心头的那块石头才算落了地。

唐明皇游月宫

又过了一天，唐明皇召来了梨园子弟，把他从月宫里记下来的曲谱一五一十地传授给了他们，让他们学着演奏。后世的《霓裳羽衣曲》据说就是这么传下来的。

后来，唐明皇又听说罗公远会"隐身法"，就老是缠着罗公远要学这法术。罗公远没有办法，只好耐着性子教唐明皇。

"隐身法"可不像《霓裳羽衣曲》那么好学，唐明皇再聪明也还是学不会，不是露出一条衣带，就是露出一块头巾，总之不能把身子全都隐没掉。

唐明皇问："为什么你能隐身，朕不能隐身呢？"

罗公远说："陛下是一国之主，责任重大，怎么可以一天到晚玩弄这种戏法呢？要是陛下真的学会了，带着传国之玺闯进老百姓的家里，万一出了什么差错，叫我怎么交代！"

唐明皇正在兴头上，哪里听得进罗公远的这番好话。他顿时大发脾气，将罗公远痛骂了一顿，非逼他教自己不可。

罗公远也急了，从来也没见过这种皇帝，国家大事不好好去管一管，却非要学这种戏法，这怎么行！他走进金銮殿的廊柱里，躲在廊柱里指手画脚，把唐明皇的过错一五一十地摆了出来。

当着文武大臣和太监们的面揭皇帝的短，这可是从来没有过的事，唐明皇怎么受得了！他暴跳如雷，立即吩咐武士们马上去换一根廊柱，把藏着罗公远的廊柱砍断。谁知道罗公远照样有办法，竟又跑进柱脚石里去了，继续在那里慷慨激昂地陈说着唐明皇的不是。大家都看得见他的人影，听得见他的声音，就是奈何不得他。唐明皇又吩咐武士把柱脚石也搬了出来。只见那柱脚石亮晶晶的，罗公远的身子缩在里边，只有一寸来长，活灵活现地在那里说话。

唐明皇一不做，二不休，吩咐武士们把柱脚石砸碎，乒乒乓乓一阵砸，柱脚石碎成了十几块石头。谁知道还是没用，每一块碎石头里竟都有一个罗公远。

唐明皇摇摇头，知道自己虽然身为皇帝，却还是斗不过他，只好向他赔不是。

然而，石头里的罗公远却不见了踪影。从此，唐明皇再也不能去游月宫了。

【故事来源】

据唐朝柳宗元《龙城录》、卢肇(zhào)《逸史》、薛用弱《集异记》及五代杜光庭《神仙感遇传》综合译写；后半段"唐明皇学隐身法"据唐朝段成式《酉阳杂俎》译写。

双义祠

唐朝时候，岚州（今山西岚县）这个地方有一座双义祠，祠里供奉的是吴保安和郭仲翔二人。当地人有什么契约、誓愿，都会到祠里祷告一番，因而祠中香烟缭绕，十分热闹。说起双义祠，还有一段故事呢。

开元年间，南诏*一带发生动乱。朝廷任命李蒙为姚州（今云南姚安县一带）都督，带兵平乱。出发前，宰相郭元振对李蒙说："我的侄儿郭仲翔年纪轻，想到前线去干一番事业，看在我的份儿上，带他去闯一闯吧。"李蒙见郭仲翔是宰相的亲戚，哪有不答应的道理，当场委任他为行军判官（相当于今天的高级参谋），一起上了前线。

大军到了四川，正要一路南下，郭仲翔收到一封书信，拆开一看，是一个素不相识的人写给他的。此人名叫吴保安，是附近一个县的县尉。信中说："咱们虽然不相识，我却早已知道你的大名。说起来，你我都是魏州（今冀南、鲁西一带）人，看在同乡的份儿上，望先生帮我一把，在将军跟前美言几句，为我在军中谋个差事吧。"郭仲翔想，这个吴保安把我当作知己，要求上前线，真是难能可贵，便向李蒙推荐了吴保安。李蒙正需要人，当即答应了，发出公文调吴保安到军营任管记（相当于今天的文书）。

南诏

南诏国，古代国名，是八世纪崛起于云贵高原的古代王国。在唐王朝的支持下，南诏先后征服了西洱河地区诸部，统一了洱海地区。

这时，前线传来消息，说是双方军队已经打得不可开交了。李蒙求胜心切，立即带领大军，兼程南下。在姚州地界，双方又交战，李蒙旗开得胜，一高兴，便当即命令部队紧追不舍。郭仲翔在边上劝道："不可轻易深入，免遭不测。"李蒙哪里听得进去，硬是要再打个漂亮仗。谁知道云南地势险恶，万山重叠，悬崖峭壁，深不可测。大军里的士兵都是北方人，人生地不熟的，一进去就晕头转向，不知不觉中了埋伏。漫山遍野的敌人杀过来，唐军覆没，李蒙死于乱箭，郭仲翔也成了俘虏。

当时南诏一带的部落有个规矩，对于汉人俘虏，只要他们家里人交出三十匹绸缎，就可以即刻得到释放。后来一审问，知道郭仲翔是当今唐朝宰相的侄子，当然更不肯轻易放过，对方存心要敲一笔竹杠，开口就要一千匹绸缎的赎金。

郭仲翔羊入虎口，万般无奈，有心托人带书信给自己的伯父郭元振，可再一想，长安离云南千里迢迢，书信怎么寄得到？他七想八想，想到了吴保安身上："吴保安近在四川，幸亏他来得晚，逃脱了这场灾难；事到如今，只好请他帮忙了；让他帮自己到长安送信，请伯父设法相救，或许还有一线希望。"想到这里，郭仲翔含泪写下一封书信，托人带给吴保安。

再说吴保安，接到调令兴冲冲赶到姚州，却扑了个空，李蒙大军已经挥师南下。他正要赶过去时，得到的却是李蒙全军覆没的消息。没过几天，又收到了一封信，拆开一看，正是郭仲翔写的。

吴保安看完信，二话没说，就给郭仲翔写了封回信。信中说："一切明白，我一定尽力而为，你就放宽心等着吧。"吴保安一面托人送信，一面风尘仆仆地赶到长安去找宰相郭元振。

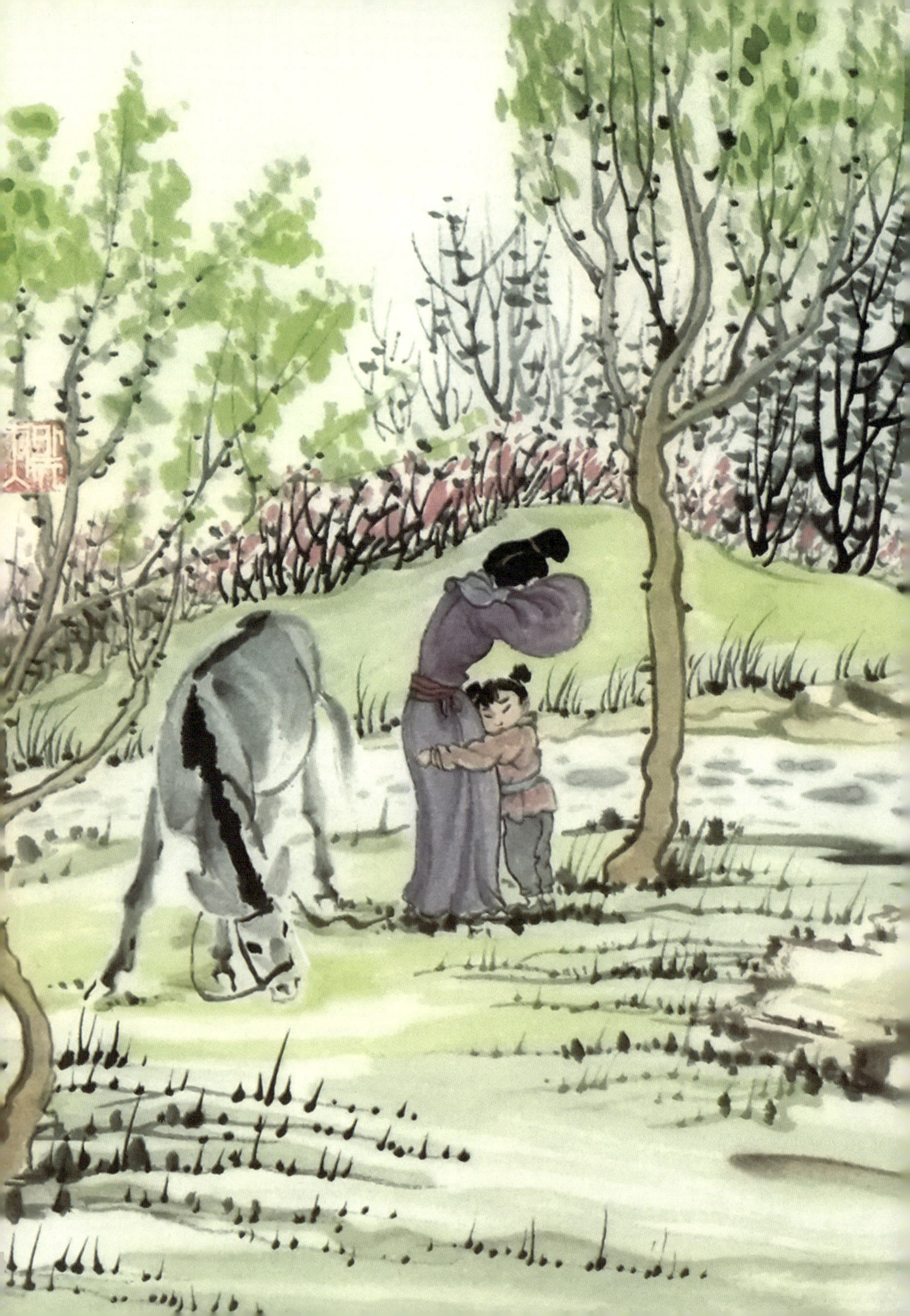

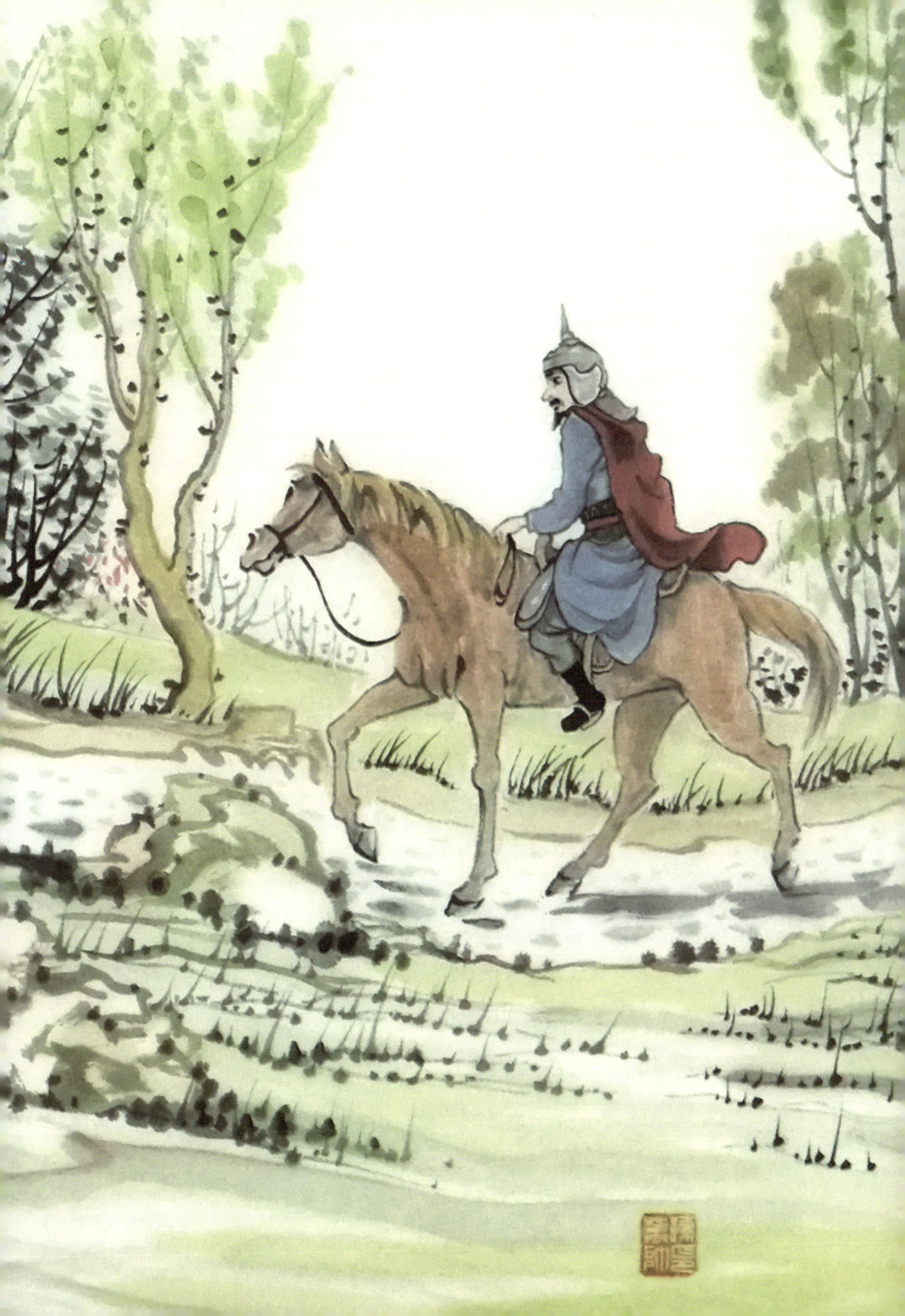

俗话说，船漏偏遇顶头风。吴保安赶到长安，才知道郭元振在一个月之前已经死了，家人已护送灵柩回魏州老家。树倒猢狲散，谁还会帮忙营救郭仲翔呢？

吴保安走投无路，只好再赶回四川老家。他把家中稍微值点钱的东西全都变卖了，一共得了二百匹绸缎，但离一千匹的赎金还差老大一截呢。他告别老婆，撇下一个还在襁褓中的孩子，一个人带着二百匹绸缎到姚州去了。

在姚州，吴保安开了个店铺，做起了生意，千方百计地赚钱。他自己省吃俭用，一个铜钱恨不得掰成两半来用。同时，他苦心经营，积少成多，咬紧牙关，一晃十年过去了，终于积攒起了七百匹绸缎。可是离一千匹还有一段距离，让人好不焦心。

再说吴保安的老婆，自从丈夫走了之后，就一个人苦撑门面，含辛茹苦地抚养孩子，也不知道吃了多少苦。这一年，她实在熬不下去了，就雇了头驴子，带上孩子，赶到姚州去寻丈夫。

走到半路，粮食吃光了，钱也用光了，实在是山穷水尽。吴保安的老婆越想越伤心，就在路边号啕大哭起来。

这时，新到任的姚州都督杨安居骑马正好路过这里，见路边有个妇女在哭，就停下来询问。吴保安的老婆把事情的前因后果说了一遍。杨安居听罢，深受感动，心想："世上竟有这样的好人，为了一个从来没见过面的朋友，居然倾家荡产，千方百计前去搭救，太了不起了！吴保安品质实在高尚，我应该成为他的朋友，帮他一把才是。"想到这里，杨安居含着热泪对她说："你有这样的好丈夫，应该高兴才是。别哭了，你们全家的生活费用我都包了。你慢慢朝前走吧，到前面驿站，会有人招呼你们的。"说罢，他骑马先走了。

果然，由于都督的安排，吴保安的老婆和孩子一路上都有人热心照料，没有再吃什么苦头。

杨安居一到姚州，就吩咐衙役上街寻找一个叫吴保安的人。三寻两找，终于寻到了，当即把他请进州衙，拍着胸脯说："从今以后，我也是你的好朋友。你为了朋友吃了这么多苦，高风亮节，真可以称得上千古第一人。我决定以我的名义，向官库暂借三百匹绸缎，让你先凑成整数，把郭仲翔赎回来，了却你的心愿。这笔债，我们大家一起努力，慢慢偿还吧。"

吴保安喜出望外，忍不住两行热泪簌簌地流下来，跪倒在地，一个劲儿地磕头，杨安居慌忙去扶。他同时命令衙役将吴保安的老婆和孩子接来，让他们全家团聚。

再说郭仲翔，在这十年里吃足了苦头。他受不了折磨，就想找机会逃跑。谁知道刚逃到半路上，就被抓了回来，狠狠一阵拷打后，又被卖给了另一个部落。他不死心，再逃。就这样，逃了抓，抓了逃，三天两头挨打。后来，部落头人索性用两根大铁钉把他的两只脚活活地钉在两块大木头上，使他再也无法自由行动。

如今，吴保安凑足了一千匹绸缎来赎他，也只能一个部落一个部落地打听，真是好不容易才找到他。等到别人把郭仲翔抬回姚州，他已不像个人样了。直到此刻，这两个只通了几次书信的朋友才第一次见面。见面时，两人一句话也说不出来，只是在抱头痛哭。

姚州都督杨安居出来说话了，他说："郭仲翔死里逃生，下一步要好好养伤，然后回魏州老家探亲。这些事好办，就交给我吧。你吴保安为了朋友，离家十年，也真正不容易，离家时你的亲生儿子还在襁褓之中，如今已经是十一岁的孩子了，你也该回自己的家里看看才是。你的高尚品德，我早已上书朝廷，请求嘉奖。朝廷刚刚下了诏书，让你进京另有委任。料理好家务后，就带着家眷进京去吧。"于是，这对好朋友又分手了。

几年之后，郭仲翔养好伤，回到了老家。毕竟他是宰相郭元振的侄子，又加上姚州都督杨安居一再举荐，所以后来也当了州官。不久，郭仲翔的亲生父亲病故，他扶柩回家，触景生情，想到了救命恩人吴保安。服丧期满，他向朝廷请了长假，去寻访吴保安。

却说那吴保安，一度在四川彭山县当县官。几年前，夫妻两人染上瘟疫，双双亡故，只留下一个儿子吴天祐，在当地做教书先生，苦度光阴。郭仲翔到了彭山，听闻噩耗，痛哭流涕，找到吴天祐后，说明了前因后果，互相认作异姓兄弟。

然后，他又说："你父母都是河北魏州人，理该叶落归根，让我替他们出把力，把遗骨送回老家去安葬吧。"于是，两人去坟上先祭奠一番，然后打开棺材，将亡人枯骨一一捡出，用毛笔一块一块地做好记号，生怕将来安葬时会有失落。做好记号之后，他们把遗骨归入两个绢袋，再装进竹笼子，由郭仲翔背在身上。

路上，吴天祐见他背着遗骨笼子，满头大汗，步履艰难，心中实在不是滋味，一再要求接过笼子自己来背。郭仲翔却总是不肯，一边流着泪，一边对吴天祐说："吴兄弟，你父亲为了赎我，奔走十年，吃尽了千辛万苦。我今天背他的遗骨又算得了什么？你就让我尽一份心吧。"就这样，两个人，你搀着我，我扶着你，历经长途跋涉，终于到了河北魏州。他们为吴保安老两口操办丧事，造墓立碑，一切做得十分尽心。

做完丧事，郭仲翔又上书朝廷，把吴保安当年救他的大恩大德叙说了一遍，然后要求把自己的官职让给吴保安的儿子吴天祐来做，也算是自己对死者的一点报答。

这份奏章到了长安，引起了朝廷百官的重视。大家都说，这样高尚的品德实在少见，议论之下，一致奏请给郭仲翔和吴保安双双嘉奖。

于是，皇帝任命郭仲翔为岚州都督，吴天祐为岚谷县县令，两地相距不远，也好常常来往。

后来，岚州百姓为了纪念吴保安和郭仲翔之间的深厚友谊，集资在当地造起了这座双义祠。吴保安弃家赎友的动人故事，也在这一带广为流传。

【故事来源】

据《太平广记》卷一百六十六引唐朝牛肃《纪闻》译写。吴保安确有其人，宋祁《新唐书》卷一百九十一中的《吴保安传》也记述此事，稍简略。明代戏曲《埋剑记》和冯梦龙《古今小说·吴保安弃家赎友》均据此发展。

黄粱一梦

大约在唐玄宗开元七年（719年），邯郸道上发生了一件奇怪的事情。

那时候，河北邯郸县有个读书人，名叫卢生，聪明非凡，才华横溢；可就是时运不济，连连参加了几次考试，次次都名落孙山。眼看已是二十六岁的人了，却依旧一无所成，他不免有些心灰意冷，牢骚满腹。

这一天，卢生骑着驴子出门，愁眉苦脸地一路行来，在赵州桥北堍见到一家小饭店，决定进去歇歇脚。进门一看，有个老人坐在店堂之中，童颜鹤发，气度不凡。两人相对而坐，谈得十分投机，老人自称是回道人，刚从岳阳楼而来。

说着说着，卢生低头看看自己身上的破衣衫，不觉长叹一声，黯然神伤地说："大丈夫生不逢时，怎么穷困潦倒到这种地步呢？"

老人微微一笑，说："我看先生的身体十分健壮，无病无灾，刚才谈得也挺开心的，怎么一下子又说起伤心话来了？"

"唉，我不过是苟且偷生，混混日子而已，还有什么开心可言！"

"那么，怎样才算开心呢？"

"大丈夫在世，自然应该出将入相，高官厚禄，荣宗耀祖，才算得上称心如意。像我现在，都快三十的人了，还骑着一头破毛驴，在这邯郸道上风尘仆仆地行走，活着还有什么意思呢？"

说到这里，卢生不觉眼圈一红，低下了头。

店主人连忙上前安慰："先生饿了吧？我这儿正在煮黄粱米*饭，快要熟了。"

> 黄粱米
> 粟米，即黄小米。

卢生摇摇头说："我困倦得很，还是让我在竹榻上先躺一会儿吧。"

那个老道笑着从包袱里掏出一个枕头，递给了他，说道："你要荣华富贵，一生得意，这也不是什么难事。别急，先靠着这个枕头睡一觉再说。"

卢生也不推辞，接过枕头就睡了起来。

睡了一会儿，卢生觉得枕头挺硬的，不舒服，就欠起身子去看那枕头。一看，这枕头原是陶瓷做的，表面看上去很是精致，枕头两端还有两个小孔呢。

正看着，那小孔里射出一束光来，十分耀眼。渐渐地，只觉得孔儿越来越大，那光束也随着越来越亮，卢生好不奇怪，不知不觉地走了进去。

进去一看，里面是一片好大的天地，脚底下有一条整齐的官道，一路走去，便看见前面有一堵红粉高墙，赫然是一座深宅大院。

说来也巧，原来这户人家姓崔，主人是个年轻美貌的姑娘，见卢生眉清目秀，一表人才，很是满意，当即招他为夫。两人洞房花烛，竟成了恩爱夫妻。

却说这崔家，本是清河县首富，有的是钱。听说这一年朝廷又要开科考试，崔氏拿出几箱金银来，交付给卢生，让他赴长安应试。崔氏说："有钱能使鬼推磨。你拿这几箱金银进京，凡是跟考试有关的官儿，无论大小，一律塞饱银子，还怕买不成个状元回来吗？"

卢生进京之后，如法炮制，果然灵验，连皇帝老子也被金银买通，御笔题红，让卢生当上了头名状元。一时间插花戴红，御街游趁，雁塔题名，曲江赐筵(yán)，真是出尽了风头。

卢生当了三年翰林学士，正想回家跟崔氏团聚，却又接到圣旨，调他去做陕州知州。

卢生到了陕州任上，得知辖境之内有条从洛阳通往长安的官道，二百八十八里山路，崎岖难行，朝廷运送粮米，费尽人牛脚力。于是，卢生主持，调集大批民工开凿河道，日夜苦战，将河道开通了。从此之后，粮运畅通，商贾云集，陕州顿时成了繁华的去处。皇帝一时高兴，乘坐龙舟，东游洛阳，见卢生建此奇功，龙颜大悦。

正在喜庆之时，边关传来了凶讯，说是吐蕃大举入侵，边关守将被杀，汉兵节节败退，眼看就要杀进中原来了。一时朝廷震恐，人心惶惶，皇帝委任卢生为征西大元帅，即刻率军出征。

却说卢生挂印登坛*之后，派出军中一名密探，打入吐蕃国内部，施行离间计。吐蕃国王一时糊涂，听信谣言，以为他的丞相有谋反之心，一怒之下将他杀死。消息传到前线，吐蕃大将龙莽顿时心慌意乱，不敢恋战。卢生指挥大军乘胜追击，长驱千里，直达天山脚下。卢生当即命人在天山之上竖起石碑，插上大唐旗号。喜讯传到长安，龙颜大悦，当即加封卢生为定西侯。

谁知道乐极生悲，偏偏朝中有奸臣妒忌，在这节骨眼儿上，向皇帝奏上一本，说卢生私通番将，图谋不轨。皇帝大怒，不管青红皂白，便要将卢生绑赴刑场问斩。

这真是"闭门家中坐，祸从天上来"。卢生好不心酸，含着

登坛
古时会盟、祭祀、帝王即位、拜将，多设坛场，举行隆重的仪式。

眼泪对妻子崔氏说："唉，我原先在家耕读，吃口苦饭还是不成问题的，何必要当什么官！想不到落得如此下场，现在就是想骑着破毛驴行走在邯郸道中，也已经不行了。倒不如自杀了吧。"

卢生正要举刀自刎，崔氏上前一把夺过刀子，哭着劝道："圣旨不准自裁，怎可违抗？为妻自会牵着儿子到午门喊冤的，老爷先走一步吧。"

这边卢生绑赴刑场，那边崔氏去午门喊冤。正好高力士也在午门，看看卢生也是个有功之臣，动了恻隐之心，就到皇帝面前说情。总算有效，皇帝又传下一道圣旨，将卢生流放到崖州鬼门关充军。

到了鬼门关，卢生自然吃尽了苦头。他的妻子崔氏，也受尽凌辱，被没入机坊作为官婢，日日夜夜为朝廷织锦，稍不如意，非打即骂，哪里还像个诰(gào)命夫人*的样子？

匆匆三年过去了，这一日吐蕃国大将龙莽之子进贡长安，说起当年战败之事，皇帝才知道卢生确是一名大大的功臣，而谋反之事全是奸臣捏造，纯属子虚乌有。这样一来，形势自然大不一样了，卢生即刻从鬼门关上调，回到长安，被晋封为赵国公，官加上柱国和太师*。此后，卢生官运亨通，一下子又当了二十年的当朝宰相，真是一人之下，万人之上，拥有享不尽的荣华富贵。卢生的四个儿子，也都靠父亲做后盾，当上了大官。这真是：一人得道，鸡犬升天。

卢生八十岁的时候，皇帝格外恩宠，又特地赐给他二十四名美女，供他玩乐。卢生整天沉溺在女色之中，无奈人老体弱，怎禁得起这种奢荡的声色，终于染上疾病，卧床不起。

宰相生病，自然急坏了文武百官，上门探望的人踏破了门

诰命夫人
唐、宋、明、清各朝对高官的母亲或妻子予以加封，称为诰命夫人。

上柱国和太师
上柱国在唐朝是勋级，是对作战有功者的特别表彰。在唐代，勋级分十二等，最高等级是"上柱国"，其次是"柱国"。太师是中国古代官名，为太师、太傅、太保"三师"或"三公"之首，为辅弼国君之官，多为重臣加衔，作为最高荣典以示恩宠，并无实职。

槛，天下名医几乎全都请到了，却谁也治不好卢生的病。就在妻儿的一片哭喊声中，卢生心满意足地死了。

忽然，卢生听得有人在他耳边轻轻地叫着："卢郎，醒来了！"这声音好耳熟！

他睁开眼睛一看，大吃一惊，他的夫人崔氏和一大群儿孙竟一个也不见了。他自己正穿着一件破衣裳，睡在小店的竹榻之上，旁边只有一个老道，悠悠地在捋髯微笑，店主煮的黄粱米饭都还没有熟呢。

哈哈！原来刚才一生的遭遇，到头来竟是一场梦。梦里六十年的甜酸苦辣，喜怒哀乐，原以为很长很长，醒来一看，竟比煮熟一顿黄粱米饭的时间还要短暂。

这一想，卢生一下子开了窍。他朝眼前的老道人恭恭敬敬地鞠了一个躬，笑着走出了小店，骑上了毛驴，头也不回地朝邯郸道上走去。

【故事来源】

据唐朝沈既济《枕中记》和明朝汤显祖《邯郸记》综合译写。成语"黄粱美梦"也由此而来。

镜湖笛声

古城绍兴，人杰地灵，历朝历代，不知道出了多少知名人物。其实，没有出名的能人比知名人物不知道还要多上几十倍呢。这里就有一个隐姓埋名的了不起的人物。

唐朝开元年间，绍兴出了个名扬四海的笛手李谟(mó)，他在教坊里吹笛，没有一个人能比得上。那一年，李谟家里有事，他特地向教坊请假，从京城长安赶回绍兴。

当时，绍兴有十个进士，家里都很有钱，一商量，每人拿出两千文钱来，准备在镜湖上举行一次别开生面的宴会，邀请李谟一起泛舟湖上，吹奏好曲。他们相互约定，每人都可以再邀请一位客人一同参加。

这十个进士当中，有一人直到傍晚才想起这件事情来，可是已经来不及到远处去邀请客人了，他想起了自己的邻居。这个邻居姓独孤，年纪已经很大了，长期住在村里，也不跟别人有什么来往，对村里的事也不大过问，家里只有几间茅屋，种一点地，苦度光阴，人们都叫他独孤老人。按说，请这么一个老头子参加宴会是有些不合时宜的，但到了这个时候，再去请别人也来不及了，那个进士也只好拉独孤老人一起去赴宴了。

镜湖在绍兴城的西南，据说当年有个老渔翁曾经从湖里捞上来一面宝镜,这宝镜连人的五脏六腑都照得出来,可是后来,宝镜又飞回到湖里,再也没有捞上来。自那之后,湖水变得碧清碧清的,清得像一面镜子,所以当地人把它叫作镜湖。

李谟到了镜湖,一看,山色苍翠,湖水澄碧,景色迷人,他兴致大发,不等别人捧场,就情不自禁地取出笛子,轻轻拂拭着,准备尽情吹奏一番。

游船缓缓地向湖心驶去,这时,天上的一团团浮云笼罩着镜湖,湖面渐渐变得有些朦胧。微风轻轻拂过,湖面泛起了层层涟漪,渐渐向四周荡漾开去。目睹此情此景,李谟情不自禁地吹起笛来。他这一吹,阴暗的天色竟豁然开朗,湖水和树木都显得十分幽静,仿佛天上的神仙都要飘然下凡。船上的客人一个个都频频点头,啧啧称赞,都说仙宫里的乐曲也比不上李谟的乐声动听。

这时候,只有独孤老人独自坐在那里,一言不发。参加宴会的人一看,大家都这么高兴,偏偏这个怪老头紧绷着脸,望着空旷的湖面,仿佛聋子一般,真是大煞风景。特别是李谟,以为独孤老人看不起他,觉得他吹得不好,所以心里很不是滋味,只是碍着主人的面子,才没有发作。

过了一会儿,李谟经过一番酝酿,即兴创作了一支新曲,满怀激情地吹奏起来。乐曲激越奔放,仿佛千百只水鸟在湖面飞掠穿梭,鸣啭(zhuàn)嬉耍,真是好听极了,满船宾客无不拍手称赞。可是,那个古怪的独孤老人依旧一言不发,无动于衷。

邀请独孤老人做客的那个进士觉得有些不好意思起来,委婉地向大家解释说:"这位独孤老人一向住在穷乡僻壤,平时连城里也很少去的,对于音律,他更是一窍不通,并不是他傲慢,故意

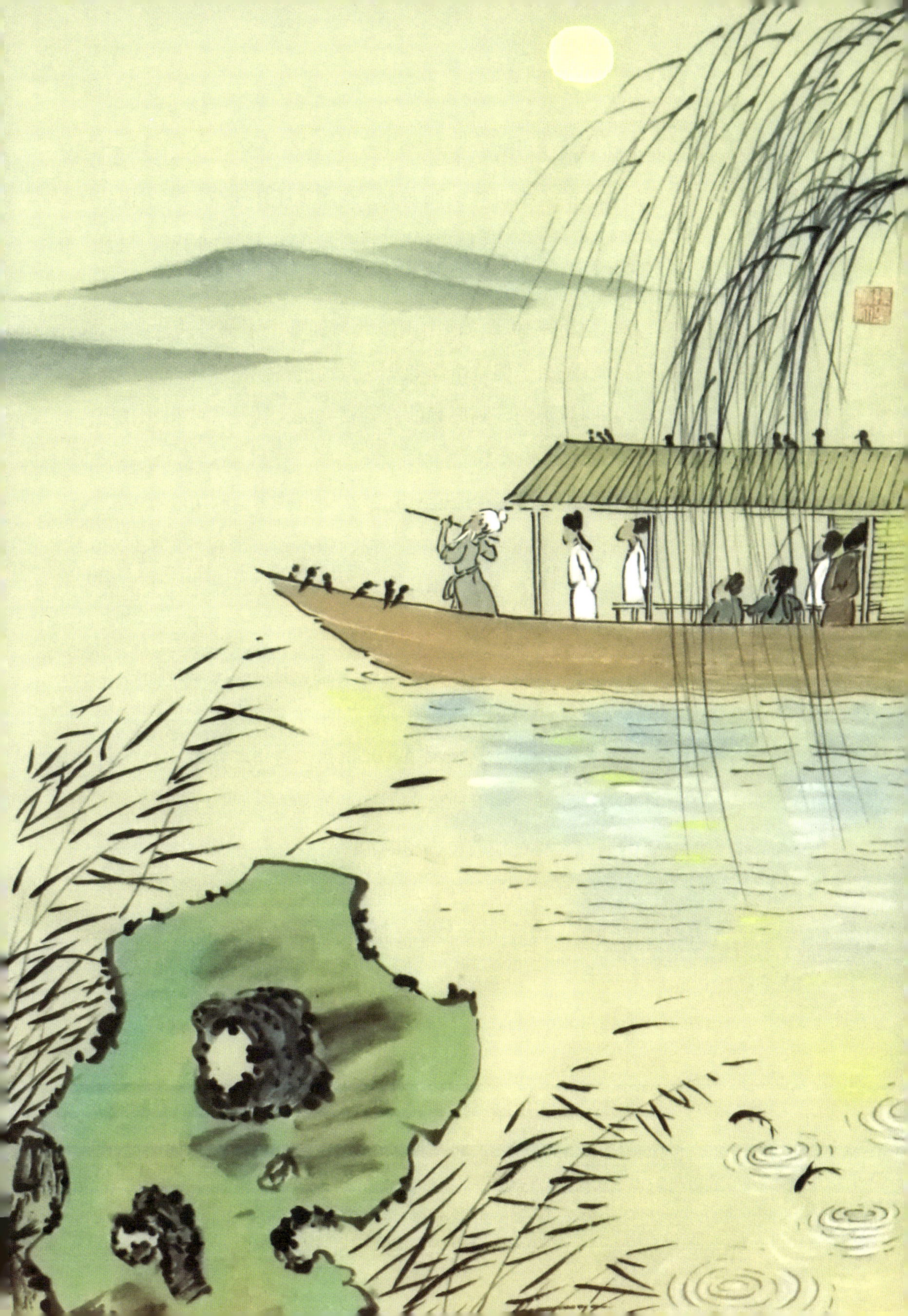

看不起大师，请诸位不要介意。"

参加宴会的人都讥笑独孤老人，责备他土里土气，太不识相了，自己不懂，也不该扫大家的兴致。独孤老人也不回答，只是淡淡地笑了笑。

李谟再也忍不住了，他走南闯北，到哪里不都是一片掌声，人人说好的？怎么偏偏这个怪老头这么别扭？他愤愤地说："你这副样子，真叫我难受，到底是故意轻视我呢，还是你吹得比我还要高明？你说呀！"

独孤老人这才慢吞吞地说："你怎么知道我不会吹笛子呢？"

客人们听了这话，不觉大吃一惊，想不到这个貌不惊人的老头子居然也会吹笛子，觉得刚才对他有些冒犯了，都来向老人表示歉意，希望他不要见怪。

独孤老人说："请李公吹一支《凉州》曲，让我们大家听听吧。"

李谟不敢怠慢，用心吹完了这支乐曲。

独孤老人说："嗯，你吹得很好。可惜声调里夹杂了一些外国乐曲的韵味，显得有些不地道了。你是不是有龟兹国（今新疆库车县一带）的朋友，受过他的什么影响？"

李谟觉得非常惊奇，连忙站起身来拜谢道："老先生的功力实在非比寻常，我这个人太没有自知之明了。教我吹笛子的老师，确实是个龟兹国人。"

独孤老人又说："刚才你吹《凉州》曲，吹到第十三段时走调了，跑到《水调》里去了，你知道吗？"

李谟说："我实在没觉察到。"

独孤老人伸出手来，向李谟要一支笛子来吹。李谟特地挑了一支好笛子，认真拂拭了一番之后，才递了过去。独孤老人看了一眼，皱皱眉头说："这都是些不中用的东西，用它的只是一些稍懂音律的人罢了。"

李谟心里一惊，又给他挑了一支最好的笛子，独孤老人接过来看了看，又说："这支笛子不错，不过吹到'入破'这段时，气出如利箭，你的笛子管壁太薄，一定会破裂的。你不觉得可惜吗？"

李谟心想，这支笛子我一直吹到今天了，从来没有破裂过，你能吹得破？他有些不相信，可是嘴上却还是十分谦虚地回答："不敢，不敢。"

独孤老人这才开始吹奏起来。

果然，他的笛声嘹亮悠扬，不同凡响。刚才李谟吹笛，不过拨开了湖上烟波一角；现在老人的笛声一起，湖上顿时风平浪静，烟波消散，鱼儿跃出水面，鸟儿围在船艄，船帮下还悄悄地游来两条金龙，静静地浮在水中，动也不动，都在倾听老人那奇妙无比的笛声。

满座宾客个个震惊，李谟更是自愧不如，恭恭敬敬地坐在那里，听得格外仔细。吹到第十三段时，老人接连吹了两遍，并指出刚才李谟吹错的地方，李谟心服口服。

接着，老人吹到了"入破"的地方，声震行云，慷慨激昂，船上的人仿佛随着笛声来到了塞外古战场，为爱国将士们的悲壮情怀所感动，情不自禁地流下了热泪。突然，只听得"啪"的一声，竹笛裂开，散成了两片，这支乐曲终于没能吹完。

李谟到这才知道自己遇上了一位高手，对老人佩服得五体投地，俯身拜谢，并且要求拜老人为师。船上的人也都十分敬佩独孤老人，觉得自己枉为绍兴人，竟不知道地方上还有这么一位高人。

老人一点儿也没有得意，只是手把手地指点李谟。李谟频频点头，心领神会。这时候，游船靠岸，天色已晚，大家只好依依不舍地挥手告别。

第二天，李谟带了很多礼物，和那些知名人士一起去拜望独孤老人。邻居说："老人今天一早就背了个小包，出远门去了。临走时交待，如果有个叫李谟的人来，就把桌子上的一本书交给他。"大家推门而入，屋内空空如也，桌上放着一本曲谱，封面上苍劲有力地写着四个字——学无止境。

绍兴人听说了这件事，纷纷去访问他，可是谁也不知道他究竟到哪里去了。

【故事来源】

据《太平广记》卷二百零四引唐朝卢肇《逸史》、唐朝段安节《乐府杂录》、唐朝李肇《唐国史补》综合译写。

力士脱靴

唐朝天宝初年，李白到会稽游览，遇见了当时的大文豪吴筠(yún)，两人一见如故，谈得投机。后来，吴筠被召入京，就把李白介绍给了当时的大诗人贺知章。

贺知章一读李白的诗文，拍案叫绝，当面对他说："你真是个谪仙人，了不起！"于是，又把李白的才华禀告给了唐明皇。

唐明皇在金銮殿召见李白，和他谈论当时的政局。李白当场呈上一首颂诗，唐明皇很是高兴，吩咐赏赐给李白一碗甜羹。甜羹端上来后，唐明皇亲手用调羹为李白搅拌了一下，以示关怀，然后让内侍端给李白吃。

当时唐明皇正需要一个宫廷诗人，就当场封李白为供奉翰林，让他在宫中写诗作文。

有一天，唐明皇和杨贵妃在沉香子亭饮酒赏花，一时心血来潮，吩咐内侍传旨，让李白进宫赋诗。内侍四处寻找李白，却见李白正和几个酒友在街上的酒楼里喝酒，已经喝得醉醺醺的，话也说不清楚了。内侍连连摇头，却也没有办法，只好让人把李白扶上马背，送进宫去。谁知道李白这个人有个怪脾气，写诗之前最喜欢喝酒，喝得越高兴，写出来的诗越精彩。进了宫，见过唐明皇，李白提笔便写下脍炙人口的《清平调》词三首。这三首词把牡丹花和杨贵妃交互写在一起,"云想衣裳花想容"这一句,又似写花,又似写人,言此意彼,情景交融,优雅风流。

唐明皇读了,十分高兴,对他越发宠幸。每次宴会,总要让李白入席作陪。可是李白不高兴,他有满腹抱负,要报效国家,并不满足于做一个宫廷诗人,就常常借酒浇愁,一醉方休。

有一次,李白参加唐明皇的宴会,又喝醉了,当着皇帝的面,李白居然伸出脚来,故意对坐在身边的高力士说:"来,给我把靴子脱掉。"

要知道,高力士是唐明皇最宠信的大太监,权势煊(xuān)赫,满朝文武百官,没有哪一个不看他的脸色行事,不想巴结他。偏偏李白,一介书生,却敢在老虎头上拍苍蝇,有意当场羞辱他。高力士没有思想准备,被李白这么一吓,顿时手足无措,竟乖乖地俯下身去,为李白脱靴子。

毕竟高力士不是好惹的,他这次吃了亏,就想尽办法报复。一天,他到杨贵妃那里说:"李白的《清平调》中有两句,说是'借问汉宫谁得似?可怜飞燕倚新妆',想汉朝的赵飞燕,出身低贱,后来虽然一度立为皇后,却又因荒淫之事,被打入冷宫,此人声名狼藉。李白故意将贵妃娘娘跟她相比,你不觉得这里面有什么企图吗?"

杨贵妃本来倒是很喜欢《清平调》词三首的,对李白也颇有好感,被高力士这么一说,不觉恼怒起来,因为她最怕别人说她作风不正了。打这以后,唐明皇几次想让李白去做官,都因杨贵妃从中作梗而没有成功。

不久,这事传到了李白的耳朵里。他天生傲骨,怎么肯卑颜屈膝去奉承权贵呢?从此,他索性放荡不羁起来,常常和贺知章、李适之等人一起饮酒作诗，尽情欢乐。后来，李白又向唐明皇请求归隐山林，唐明皇没办法，只好让他走了。

【故事来源】

据《新唐书》卷二百零二《李白传》译写。后人常用"力士脱靴"形容文人任性饮酒，不畏权贵的气节。这个故事又见于《松窗杂录》《酉阳杂俎》《酒史》《野客丛书》等书。

李娃与荥阳少年

唐明皇天宝年间,河南荥(xíng)阳有个大户人家,主人五十多岁,在常州做刺史,人称荥阳公。他的儿子刚成年,长得眉清目秀,且学问渊博,琴棋书画,样样精通。这年,这位荥阳少年要进京赴考,荥阳公给了他一大笔川资*,盼他蟾宫折桂,独占鳌头。荥阳少年也是意气风发,志在必得,准备一显身手。

一天,他在京城访友,走到鸣珂曲*,看见一幢很精致的住宅,大门半开半闭,一个少女正倚在身边丫鬟的身上,向门外张望。少年一见,眼前顿时一亮,他长这么大,还从没见过这么漂亮的女郎呢。他忍不住想多看几眼,却又有些不好意思,就故意把手里的马鞭子跌落在地,等着自己的仆人来拾。少女见他这般举止,忍不住莞尔一笑,竟也含情脉脉地朝他看了好几眼。

回到住处,他急忙向朋友打听这户人家的情形。一个朋友笑着说:"鸣珂曲是寻花问柳的去处,谁不知道那里有个名妓李娃。你见到的美人儿八成就是她。听说李娃眼界极高,来往的都是豪门贵族,她会看得上你吗?"荥阳少年涨红着脸说:"只要能讨她喜欢,就是倾家荡产,我也豁出去了。"

过了几天,荥阳少年打扮得容光焕发,去拜访李娃。丫鬟开门一见他,就咯咯地笑个不停,一边转身往回跑,一边大声嚷

川资
旅费。古代蜀中一带,四面环山,江河成为与外界联系的主要渠道,人们要远行,首选坐船,于是坐船的盘缠被称为"川资"或"川费"。后来,沿用日久,也把所有的路费都称作川资。

鸣珂曲
又称"鸣珂巷",唐代京都长安胡同名,为当时妓女聚居之所。

嚷:"那天跌落马鞭子的公子来啦!"李娃在屋里压低声音对她说:"你先去应酬吧,我要换件衣服。"那少年听了,心里甜滋滋的。

丫鬟把他带到客厅里,有个驼背的白发老太太出来接待客人。荥阳少年客客气气地问:"听说这儿有空房子出租,能租给我吗?"老太太委婉地回答说:"这儿的房子很是粗陋,也不知道公子中意不中意?"不一会儿,丫鬟送上茶水,老太太说:"我的女儿李娃想见你,你们不妨谈谈。"这时珠帘响动,屋里走出一个美人儿来。

一见李娃,荥阳少年满脸通红,支支吾吾地说不出话来,倒是李娃落落大方,和少年谈得十分投机。不一会儿,天色暗了下来,老太太来打招呼,说客人该回去了。荥阳少年故意说住得很远,恐怕回不去了。李娃也顺水推舟,愿让少年在这儿逗留一夜。少年一听,受宠若惊,连忙吩咐仆人送上一份准备好的厚礼。

李娃却笑着说:"我可不贪图你的钱财。如果你要花钱,那就另外挑个日子吧。"少年再三劝说,她就是不肯收下。这样一来,少年对她越发敬重起来,当即向她倾吐了自己的爱慕之心。李娃是长安名妓,年纪虽轻,却也见过不少世面,平常的公子哥儿,再怎么财大气粗,她都不放在眼里,顶多陪着喝几盅酒,唱个曲子,就把人家打发走了。今天她见了荥阳少年,却一反常态,居然主动把他留下,可见她也把对方当作知心人了。李娃出生在穷人家,从小被卖进妓院,那个驼背老太太是她的养母。养母看出了李娃的心思,也走了过去。

荥阳少年就把渴望得到李娃的心愿说了出来,并当场认她为义母。一家人欢声笑语,畅饮通宵。

第二天一早,荥阳少年吩咐仆人把他的全部资财从布政里的客栈搬到李娃家中，从此过起花天酒地的生活来了。

一年过去了，荥阳少年带来的钱财像流水一样淌走，连骏马、仆人也都卖掉了，再也没有什么可供他挥霍的了。老太太常常冷言冷语讽刺他，倒是李娃仍旧对他一片痴心。荥阳少年是个公子哥儿，哪里知道什么世态炎凉、人情世故，依旧过着无忧无虑的日子。

这天，李娃对他说："我们相爱一年，却还没有自己的孩子。听说竹林神仙灵验得很，我们去烧烧香，求个签吧。"荥阳少年一口答应，拿出几件旧衣服当掉，用这笔钱置办了供品香烛，和李娃一起到城外竹林祠去烧香。

回来路过里北门时，李娃带着少年一起去拜访姨妈。姨妈的住宅十分气派，高门大院，门口有个仆人守门。守门人进去通报，过了好一阵，姨妈出来迎接，一见李娃，亲热得不得了。李娃又向她介绍了荥阳少年，大家见过礼，一起进去，穿过一个花园，花木掩映，曲径通幽，很是雅致。到了客厅，仆人送上来的茶水果品也都十分阔气。

大家正在说笑，忽然一人从门外闯进来，汗流浃背，满脸惊慌，对李娃说："老夫人得了急病，家里人让小姐赶快去见最后一面。"客厅里顿时乱作一团。李娃含着眼泪对姨妈说："我心里乱极了，就先骑马回去了，到家后再派车马来接你们吧。"

荥阳少年也想跟李娃一起走，姨妈却拉着他说："我们还得商量一下给她娘办丧事，你怎么可以急匆匆地走呢？"少年一想，也有道理，就留了下来。

两人商量了老半天，眼看天色快黑了，李娃的车马还没来，姨妈对少年说："你先回去看看，我收拾一下就会赶来的。"少年来不及多想，出门雇了头骡子，急匆匆赶回鸣珂曲。

到李家一看，奇怪！怎么大门锁上了？一问邻居，邻居说李家本来就是租房的，两天前租期一满，老太太就搬走了。搬到哪里了？谁也不知道。少年吓了一跳，想赶回里北门，可天又黑了，他只好脱掉一件衣服，到一家小客店抵押了，先混顿饭吃，胡乱睡了一觉。第二天一早，他心急火燎赶到里北门姨妈家，"嘭嘭嘭"地敲了好一阵子门，也没人来开。后来一个管家出来对他说，这是崔尚书的家，昨天有人临时借花园客厅，说是会客用的，黄昏时分就走了。

荥阳少年不明白是怎么一回事。看来这是个骗局，是李娃有意把他甩了，可是他还不敢相信这是真的。如今两手空空，怎么活呢？他垂头丧气地再回到布政里原先住过的那家客栈。主人可怜他，又让他住下了。可是他受不了这么大的刺激，就此生了一场大病，瘦得皮包骨头，奄奄一息。

客栈老板见他快要死了，倒害怕了，赶紧吩咐手下把他抬到棺材铺门口。却说当年的棺材铺不仅卖棺材，还卖办丧事的一应用具，甚至还有一帮人替人家出丧。棺材铺伙计见他可怜，把他抬进去细心照料，后来居然把他救活了。荥阳少年走投无路，就留在棺材铺里。每逢人家出丧，他就帮着打幡提灯，挣几文钱糊口。

荥阳少年天天混在出丧队伍里，天天听人家唱哀歌，不觉触动了心思。听着听着，他想起自己的遭遇，怨恨万分，就一个人偷偷地唱起了哀歌。

渐渐地，棺材铺的伙计们都觉得他的哀歌唱得动听，就怂恿他上街去唱。荥阳少年本是个聪明人，无论什么曲调，一学就会，而且唱得还特别有感情，一唱两唱，就在长安城里唱出了名。一次，东城西城两家棺材铺比高低，各自把铺子里的棺材和丧仪上用的执事都陈列在天门街上，让大家来评判。比到后来，又当众比哀歌，看谁家的哀歌唱得动听。这时候，荥阳少年登高一唱，竟让周围的人全都情不自禁地哭泣起来。大家一致认为，荥阳少年的哀歌在长安城里要数第一，没人能超过他。

　　谁知道这时荥阳少年的父亲来到长安城里朝见皇上。那天，长安城里两家棺材铺比赛，吸引了成千上万的人，荥阳公也在其中。荥阳公的一个老用人心细，越看越觉得唱哀歌的人是他家少爷，就去跟老爷说。荥阳公不相信，说他儿子早就死了，当时消息说的是他因为随身带的钱财太多，被人谋财害命死的，怎么会到这种地方唱歌呢？老用人不死心，七打听八打听，终于弄清楚了，这位唱哀歌的人确实是少爷，就把他带去见荥阳公。

　　荥阳公一见儿子落魄到这种地步，居然和抬棺材的下九流混在一起，不觉得火冒三丈，气得鼻子里直冒烟。想想自己家里祖祖辈辈都是高官厚禄，门庭显赫，这事万一被别人知道了，张扬出去，可怎么得了！荥阳公越想越恼火，指着儿子的鼻子一阵痛骂，又当场把他拉出去，剥下衣服，用马鞭子狠狠地抽打起来。荥阳少年细皮嫩肉，骨瘦如柴，哪里经得起这般毒打？哭了几声，就没了声息。荥阳公一跺脚，头也不回地走了。

　　棺材铺的伙计得知消息，赶去一看，发现他心口上还有一丝热气，就把他扶了回来。过了个把月，他稍稍恢复了一点元气，可身上被马鞭抽打留下的伤疤又溃烂起来，浑身上下散发出一股臭气。几个平时最要好的伙伴也受不了啦，又把他赶出来，扔在了路边。

　　荥阳少年只好拖着浑身是伤的身躯，拄着棍子，唱着莲花落(lào)*，向路人乞讨，饥一顿饱一顿地，苦度光阴。

这天，荥阳少年来到安邑东门乞讨，他的莲花落越唱越凄惨，过路行人都忍不住心酸起来。忽然，从一户人家的门里冲出一个女子，来到他跟前，哀哀地叫了一声："荥阳公子！"

荥阳少年睁大眼睛一看，不觉万箭攒(cuán)心，悲从中来。原来站在他面前的，正是他日思夜想、又恨又爱的冤家李娃。荥阳少年原本虚弱到了极点，哪里经得起感情上的大波澜！这一惊一喜，一怒一恨，竟当场晕了过去。

刚才李娃正在屋里绣花，听得大街上有人唱莲花落，声音听得耳熟，不觉心中一动，赶紧放下针线，冲出门去，见到当年的意中人竟潦倒到了这种地步，怎不心酸！现在见他晕了过去，便不顾三七二十一，连忙脱下身上的缎子棉袄，裹在荥阳少年的身上，把他拖进屋，扶他睡到了床上，然后自己伤心地哭了起来。

养母听得哭声，赶过来一看，原来是荥阳少年，不觉大吃一惊，连忙对李娃说："快把他赶走，怎么可以把他弄进来，躲都来不及呢。"

李娃听养母这么说，再也忍不住了，擦干眼泪，霍地站起身来说："想当初他到我们家来的时候，骑着高头大马，带着万贯家财。一年工夫，他的钱财花了个精光，你们又串通起来把他甩了。你们不觉得心亏吗？他是个清白人家的子弟，落得如此下场，我李娃要是再不帮他一把，我还算是个人吗？妈妈收养我，到今天也十年了。我替你挣的钱，不止千金，就算是我自己把自己赎回来，也绰绰有余了。从今往后，我和公子搬出去住；你要是不答应，可别怪我心狠。"

养母知道李娃的脾气，哪敢作梗。李娃把自己这些年挣的钱

莲花落
也称"莲华乐""落子"，是一种说唱兼有的传统曲艺艺术，源于唐五代僧侣募化时所唱的"散花乐"，后为乞丐行乞时的演唱。宋元明时，广泛流行，清乾隆后出现专业演员，演唱内容渐多为民间传说。演唱者一两人，仅用竹板按拍。

李娃与荥阳少年

89

财给了养母，只带着一百两银子，就和荥阳少年一起搬进了一家普通的四合院里，开始帮助荥阳少年养病。

在李娃的悉心调理和养护下，荥阳少年终于又恢复了元气。李娃又趁热打铁，劝他温习功课，准备参加考试。

于是，荥阳少年夜以继日地读书，李娃自始至终陪伴着他。疲倦了，李娃送上点心，鼓励他振作精神；气馁了，李娃就跟他讲古今名人成才的故事，帮助他树立信心。经过两年的刻苦研读，荥阳少年的学问有了很大长进。那一年，唐明皇下诏书，设立直言极谏科*考试，荥阳少年考了个第一名，一举成名，被授予成都府参军的官职。

荥阳少年要到成都上任了，李娃替他打点好行装后，神色庄重地说："从前的事，今天回想起来，好似一场梦。你出身豪门，原先就不该跟我这种人混在一起的。希望你去找一个门当户对的女子，你们白头偕老。从今以后，我们两个人谁也不欠谁，各走各的路吧。"

荥阳少年听到这里，忍不住失声痛哭，拉着李娃的手说："你要是离开了我，我马上去死。"李娃含着眼泪，却一定要和他分手。在少年的一再请求下，李娃才答应送他到剑门*后再分手。

一个月以后，荥阳少年的父亲因调任成都尹，也到了剑门。少年去见他父亲。父亲吓了一跳，见他不仅没死，居然还做了官，忍不住抱头痛哭。少年把这几年的经历，详详细细地说了一遍。荥阳公听了，百感交集，连忙问李娃在哪里。少年说："送我到这里之后，她就回去了。"

荥阳公老泪纵横，哽咽着说："这样大贤大德的女子，打着灯笼也没处找哇，你怎么能让她一走了之呢？"说着便和儿子一起

直言极谏科
科举制科之一。汉朝置此科，征求直言极谏之士为臣。到唐朝，此科为皇帝诏书考试的科目之一，属贤良忠直类科目。

剑门
剑门关一地。巍峨剑门，扼入蜀的咽喉，由于它地势险要，历来为兵家必争之地；处于四川省广元市剑阁县城南15公里处，如今为国家5A级旅游景区、国家自然与文化双遗产。

去找李娃。找到后，荥阳公再三感谢她对自己儿子的大恩大德，并当场决定，在剑门买下一座宾馆先让李娃住下。然后，父子俩到成都府上任，并派人做媒，说通两家的婚事，备齐婚礼的一切手续，正式把李娃迎娶进门。

结婚之后，李娃和荥阳少年相亲相爱，自不必说，对公公婆婆也十分孝顺，家里人上上下下都对她十分尊重。后来她的四个儿子都做了官，李娃也被封为汧(qiān)国夫人。

【故事来源】

据唐朝白行简《李娃传》译写。传说唐时就有民间艺人能讲李娃的故事，叫《一枝花话》；到元代和明代，又据此编成戏曲，搬上了舞台。

王积薪奇遇

"安史之乱"那阵子，天下大乱，人心惶惶，唐明皇只好急匆匆逃出长安城，一路南下，到四川成都去躲一躲。一时之间，朝廷百官前呼后拥，跟着一起到成都去。翰林院里的围棋高手王积薪也在其中。

他们进入四川境内，遇上了崇山峻岭，道路狭窄，人多走得慢，走走停停，停停走走；天黑时，大家又得乱哄哄地去找过夜的地方。却说驿道两旁，倒是有一些专门给过往行人借宿的客房，一些老百姓的房子也临时腾出来给他们借宿。不过好房子总得先给皇帝住，接下来轮到那些有权有势的大官，像王积薪这样的文职小官，哪里轮得到啊，只好自己走远一点，去碰碰运气了。

这一天，眼看日落西山，又该去找个歇脚的地方了。王积薪四处一看，驿道两旁的房屋已经全住满了，只好沿着路边的一条山溪，曲曲弯弯地朝山里走。越走越远，越走越荒凉，后来他终于在一片树林里发现了一间茅屋，上前问讯，才知道主人是个老婆婆，家中只有婆媳两个女人，怎么留客人过夜呢？王积薪好说歹说，求她们帮个忙，她们才勉强答应下来，给了他一些水和柴火，让他在门口的屋檐下将就过一夜。

天色黑了下来，婆媳俩关上大门，一个进了东屋，一个进了西屋，熄了灯，都准备睡觉了。可是王积薪一个人躺在屋檐下，怎么也睡不着。

过了一会儿，忽然听得屋里的人隔着房门在说话，王积薪有些好奇，就竖起耳朵听了起来。

只听得老婆婆对媳妇说："这么好的月色，没什么可以消遣的，跟你下盘围棋玩玩，怎么样？"

媳妇高兴地说："好哇！那就下棋吧。"

王积薪是围棋高手，平生最大的嗜好就是下棋，即使自己不下，看别人下棋也一样津津有味。可是今天的事让他纳闷儿：屋里黑咕隆咚，也不见她们点灯，而且一个人在东屋，一个人在西屋，又不听见房门开关的响声，这两个人怎么下棋？他弄不懂了，索性把耳朵贴在门板上，想要听出个名堂来。

过了一会儿，听得媳妇说："起东五南九放子。"

婆婆好像想也没想，脱口就说："好，我是东五南十二放子。"

媳妇马上又报了出来："起西八南十放子。"

婆婆的反应比她还要快，当即就说："西九南十放子。"接下去，她们下子就不那么轻松了，因为棋盘上的棋子布得越多，局势也就越复杂，每下一子，都要思考很长时间。真是险象环生，妙着迭出。

王积薪在门外听棋，越听越觉得神奇，对她们婆媳俩的精湛棋艺，实在佩服得五体投地。到了四更时分，夜色将尽，两个人总共才下了三十六子，王积薪把这局棋全都默记了下来。

这时，忽然听得老婆婆胸有成竹地对媳妇说："好了，你已经输了。我总共赢了你九个子。"媳妇轻轻叹了口气，说道："棋高一着，服手服脚。我是输了。"而这时候在门外的王积薪还没有意识到媳妇这一方要输，经她们这么一说，再一细想，果然如此，就更是自愧不如了。

天亮之后，王积薪急忙起身，穿戴整齐之后，恭恭敬敬地去敲主人的门，向她们表示深深的敬意，希望能收下他这个徒弟，教他一点棋艺。

婆媳俩你看看我，我看看你，都发出了会心的微笑。婆婆对王积薪说："我跟你下一盘棋试试看，你可以按照你平时最拿手的棋路来布局。"王积薪不敢怠慢，从自己的袋中取出棋盘，按照自己平时以为最凌厉的攻势布局。谁知才刚刚走了十来个子，老婆婆就摇了摇头，说道："你已经输定了。"转过头，对媳妇说："这位相公的棋路你已经知道了，你可以用一般的棋法来教他。"

于是，那个年轻的妇女上来，一边布子，一边指点他怎样攻守、杀夺、救应、防御，每一种棋路，都只是点到为止，说得非常简单。王积薪再三要求那个媳妇能再讲得透彻一些，好让他知道内中的奥秘，达到举一反三的目的。老婆婆听了，哈哈大笑，对他说："你还不满足吗？要知道你今天学到的这些棋艺，足以让你无敌于天下了。"

王积薪连忙起身致谢，想到还得赶到驿路上跟皇帝的大队人马一块儿出发，便不得不跟主人匆忙告别。可是，当他走出十几步路，想转身回去再跟婆媳俩说几句话的时候，却再也看不见那间茅屋了。

此后，王积薪的棋艺突飞猛进，真正成了天下无敌的高手。他凭自己的记忆，把那天夜里婆媳俩对局的棋谱又摆了出来，想要算出婆婆胜九个子的奥秘，算来算去，终究没有算出来。王积薪把这局棋叫作《邓艾开蜀势》。据说这个棋谱至今还在，天下没有一个高手能把它的奥秘解开。

【故事来源】

据唐朝薛用弱《集异记》卷一译写。这个传说在李肇《唐国史补》、冯翊(yì)子《桂苑丛谈》、冯贽(zhì)《云仙杂记》中也有记载。

兰陵老人

唐朝时候，京城长安有一个地方长官叫黎干。这个人的官架子很大，只要他出巡，一路上的老百姓都得肃静回避。谁要是不小心冒犯了他，就得吃不了兜着走。

这天，曲江有个盛大的庙会，为的是向龙王求雨。四面八方来凑热闹的人成千上万，把路挤得水泄不通。黎干身为地方长官，自然也得去视察视察。黎干一到，路上的行人一个个东逃西躲，赶紧回避；偏偏有个老头子，白发苍苍，弯着腰，拄了根拐杖在前面踱方步，不躲也不避。黎干发火了，吩咐手下人把老人拉到路边，责打二十杖。谁知道杖棍打在老人背上，发出"嘣嘣"的响声，跟打在皮鼓上似的。那老人既不喊痛，也不求饶，等打完二十下，他就甩甩手，自顾自地走了。

黎干看得两眼直愣，知道遇上能人了，就吩咐手下一个老成持重的衙役悄悄地跟踪老人，看他究竟是何等人物。

老人走到兰陵里，进了一个小院落，一进门，就大声喊了起来："今天我真倒霉，出门被人家打了一顿，快，快拿汤来。"那衙役在门外一听，知道那老人不简单，赶紧记住了这家院落的位置，回来向黎干报告。黎干不敢怠慢，特地在官服外面再套上一件旧衣服，急匆匆地跟着那衙役去拜访老人。

进门的时候，天色都快黑了。衙役向老人通报了黎干的官职。黎干不再摆架子了，只顾低着头赔罪："今天下官有眼不识泰山，冒犯了老先生，罪该万死！"

老人却不当一回事，只是惊奇地问："真不敢当，是谁把你领过来的？"说完，拉着黎干的手，把他引进了屋。

黎干见他和颜悦色，心里也放松了些，说道："敝人担任京兆尹*这个职务，不得不保持一点官威，否则无法治理。先生隐居于市井之间，像我这样的俗人是无法知道的。今天的事，实在不是故意冲撞，还望先生多多原谅。"老人笑呵呵地说道："不知者不罪。老夫挡了大人的道，老夫也有错。不说了，不说了。"说罢，他吩咐下人摆开酒席，请黎干和同来的衙役一起喝起酒来。

他们边喝边谈，一直到深夜。老人乘着酒兴，醉醺醺地对黎干说："今天难得聚会，老夫为大人表演一段剑术，给大家助助兴吧。"说罢，他乐呵呵地进了里屋。

不一会儿，老人从里屋出来，穿了一身紫色衣裤，显得格外精神，手里拿着长短不一的七把宝剑，在庭院中舞起剑来。老人的剑术高超至极，矫若猿猴，健似雄鹰，一会儿电闪雷鸣，一会儿山崩海啸，让人眼睛都看花了。内中有一支短剑，不过二尺来长，仿佛一直在黎干的身边飞舞。黎干吓得簌簌发抖，两腿发软，跪到地上叩起头来。

老人舞罢剑，随手把剑扔了出去，不偏不倚，七把剑都插在地上，正好组成北斗七星的形状。老人一把扶起黎干，漫不经心地说："别害怕，我不过是想试试，看你的胆量究竟如何？"黎干服服帖帖地说："下官这条性命，是先生送给我的。从今往后，让我跟在你的左右做个仆人吧。"老人哈哈大笑说："大人和我不是

京兆尹
中国汉代官名，为三辅（治理京畿地区的三位官员，即京兆尹、左冯翊、右扶风）之一，主管今西安及其附近地区，在西汉时期相当于今日首都的市长。唐开元初，改雍州为京兆尹，并增设少尹，以理府事。后世不置，但习惯上称京师所在地的行政长官为京兆尹。

一路人，我也无法教你，我们还是后会有期吧。"说罢，向黎干拱手，以示送客。

黎干回到官府，好像是刚生过一场大病般，身体疲软不堪，到镜子跟前一照，才发现自己的胡须被割去了一寸多长。第二天，黎干到兰陵里去找那位老人，却再也不见他的人影。

【故事来源】

据唐朝段成式《酉阳杂俎》前集卷九《盗侠》译写。

板桥三娘子

汴(biàn)州（今河南开封）西板桥这个地方，有一家小小的客店。客店在大路边，虽说店面不大，房子也不多，但生意十分兴隆。

客店没有老板，只有一个老板娘，三十多岁，长得眉目清秀，一个人守着寡，身边没有子女，谁也不知道她是从哪里搬来的，也从来不见有什么亲戚朋友跟她往来。不过她很会过日子，屋里养了许多驴子。来往的客人要是觉得自己的驴子不够用，她总会以很便宜的价钱把自己的驴子卖给他们。老板娘叫什么名字？客人们也不便多问，她自称是三娘子，大家也就叫她板桥三娘子。客人们都说这个板桥三娘子为人厚道，和气生财，又觉得在她那里能买到便宜的驴子，所以远近客人路过这里，都喜欢去住三娘子的客店。

却说唐朝元和年间，有个许州（今河南许昌）客人赵季和要到洛阳去办事，路过板桥，也在三娘子的客店里住宿。

那天，他去晚了点，客房里早就来了六七个客人，每人都占着一张床榻，只有最里面靠墙壁的那一张还空着。赵季和把包裹朝那张床榻上一放，便坐下来歇息。

不一会儿，三娘子准备了十分丰盛的饭菜，请客人们吃。客人来自四面八方，难得聚在一起，就喝起酒来，兴致越喝越浓，一边喝酒，一边谈论着天南海北的奇闻逸事，不觉一直喝到了深夜。赵季和素来不会喝酒，就陪着大家说说笑笑，吃了些菜。到了二更光景，客人们酒足饭饱，呵欠连连，这才一个个上床去睡觉。三娘子告别了客人，也回到自己的房间，关上房门，吹灭了蜡烛。

夜深人静，房间里的客人们一个个鼾声大作，进入梦乡，唯独赵季和翻来覆去睡不着。他平时少出门，过不惯行旅生活，所以现在是一会儿嫌被子太硬，一会儿嫌别人鼾声太响，心里很是烦躁。忽然之间，他又听见隔壁房里有"乒乒乓乓"的声音，仔细一听，仿佛是挪动家具发出的。咦！夜都这么深了，还忙什么呢？他忍不住抬起头来，东看看，西瞧瞧，忽然发现墙壁上有一条缝，就好奇地扒在墙壁上，从缝隙里偷偷地张望。

原来，隔壁是老板娘的房间。只见老板娘从箱子里取出一支蜡烛，点燃起来，又从一个装头巾的小箱子里取出一副犁耙、一头木牛、一个木偶人，都只有六七寸大小，做得小巧玲珑，十分精致。老板娘把这些小玩意儿放在灶头前面的地上，然后嘴里含了一口水，朝它们身上一喷，嗨！说来也怪，那木偶人竟驾着木牛，耕起地来了。来来回回耕了好几遍。不一会儿，地耙平了，土整细了。

接着，老板娘拿来了一包荞麦种子，交给木偶人。木偶人就乖乖地把荞麦种子播到了地里。再过一会儿工夫，荞麦苗噌噌地钻了出来，越蹿越高，开了花，孕了穗，眼看着就成熟了。于是，木偶人又把荞麦割下来，也不喘一口气，接着就"噼噼啪啪"打场，一共收了大概有七八升荞麦。

老板娘又从箱子里搬出一套木磨子，让木偶人把荞麦全都磨成面粉。一切就绪后，她把木偶人和木牛这一套玩意儿又全收进了小箱子，然后又拿这种面粉做成了许多烧饼。

赵季和贴在墙壁上，从缝隙里偷看老板娘这稀奇古怪的行径，不觉发了呆。不一会儿，外面鸡叫，客人们都陆陆续续醒过来。他赶紧躺下，就当什么事也没发生一样，闭着眼睡起觉来。

客人们起来后，隔壁的老板娘进来了，把热气腾腾的烧饼也捧了过来，放在桌上，招呼大家吃早点。

赵季和心中忽然一动，想起昨晚见到的怪事，觉得这烧饼里面一定大有名堂，他不敢随随便便吃下去，就找了个借口，推辞不吃，背起自己的包裹先出了门。

出了客店，他并没有走远，只是悄悄地躲在客店旁边一棵大树的背后，偷看屋里的动静。远远望去，客人们围着桌子，都在兴致勃勃地吃着烧饼。吃着吃着，出事了：他们竟一个个都倒在地上，口吐白沫，嘴巴"呜呜"地叫着，那声音竟跟驴叫似的。不一会儿工夫，客人们全变成一头头驴子了！这时候，老板娘笑眯眯地出来，手里拿着一根鞭子，轻轻一抽，那些驴子就乖乖地到客店后面的牲口棚里去了。

赵季和看着这一切，不觉吓得目瞪口呆，再也不敢待下去了，趁老板娘不注意的时候，悄悄地离开了这家奇怪的客店。

一个多月以后，赵季和在洛阳办完事回来，又要路过板桥。这一次他多了一个心眼，预先请人做好了几个荞麦烧饼，大小、式样都和上次在店里看见的一模一样。到了板桥，他又特地到三娘子的客店住宿。

三娘子见来客人了，满脸堆笑地迎了出来，招待得十分殷勤周到。这天晚上，客店没有别的客人，只有赵季和一人借宿。所以老板娘对他格外热情,一会儿进来添油点灯,一会儿又送上洗脚的热水,又再三问他,还需要些什么。

赵季和笑着说:"我明天一早就要赶路,麻烦你到时候随便给我做些早点吧。"

老板娘朝他看了看,热情地说:"这事好办。客官尽管放心睡觉,明天一早,我一定会替你准备好的。"说罢,就笑眯眯地走了。

半夜里,赵季和又从墙壁的缝隙里偷看,只见老板娘和上次一模一样,又取出她的木偶人和木牛,一一如法炮制,又做成了一盘烧饼。

天亮了,老板娘捧来热气腾腾的烧饼。趁着她回去端洗脸水的时候,赵季和赶紧把预先准备好的荞麦烧饼拿了出来,和盘里的烧饼交换了几个。

整理好包裹,赵季和坐下来要吃早点了,忽然,他搔搔头皮,不好意思地对老板娘说:"哎呀,你看我的记性多坏。我自己不是明明带着好多烧饼吗?麻烦你了,你做的烧饼就留给别的客人吃吧,我还是吃自己的。"

说着,赵季和从自己的包裹里取出烧饼,大口大口地吃起来。一边吃,一边还客气地说:"来来来,请你也尝尝我带来的烧饼,看看味道还可以吧?"接着,就把刚才调换下来的烧饼递到了老板娘手里。

老板娘并不疑心,接过烧饼就吃了起来。哈哈,这下可有好戏看了!只见她吃完烧饼后,就突然跌倒在地上,像驴子似的叫起来,转眼间,也变成了一头驴子。

赵季和一不做二不休,又到老板娘的房间里去,翻箱倒柜,找出了她那一套神奇的木偶人和木牛,也想试着做做看。可惜他不懂其中的诀窍，试来试去也不成功，只好把它们全扔掉了。

于是，赵季和牵上老板娘变成的这头驴子，走南闯北，倒也没出过什么事。这驴子日行百里，不知疲倦，别人见了都很羡慕，好多人想出高价向他买，他总是摇摇头不肯答应。

过了四年，赵季和骑驴入关，来到华岳庙东五六里路的地方，忽然迎面遇见一个白发苍苍的老人。

老人一见驴子，就拍手大笑，说道："哈哈，鼎鼎有名的板桥三娘子怎么变成这等模样啦？"

老人一手拉住驴缰绳，对赵季和说："她虽然有错，不过这几年受的罪也够多的了，怪可怜的。看在我的面子上，你就饶了她吧。"

赵季和不敢怠慢，只好答应。老人伸手把驴子的口鼻朝两边掰开来，老板娘便从驴肚皮里跳了出来，活脱脱还是当初的模样。她眼泪汪汪地向老人磕了一个头，就走了。

从此以后，就再也没有板桥三娘子的下落了。

【故事来源】

据唐朝薛渔思《河东记》译写。

红线盗盒

唐朝的时候，有个女孩名叫红线，是潞州（今山西长治一带）节度使薛嵩家中的一个丫鬟。她聪明伶俐，知书达礼，善解人意，又弹得一手好琵琶。薛嵩很宠爱她，让她掌管文书奏章，称为"内记室"，让她经常跟在自己身边。

一次，全军举行盛大的宴会，鼓乐齐鸣，煞是热闹。红线却皱起了眉头，悄悄对薛嵩说："大人，我听那羯鼓的声音比平时格外悲切，莫非击鼓的人遇到什么意外了？"薛嵩原也精通音乐，被红线这么一提醒，连忙侧耳细听，不觉连连点头，说："嗯，恐怕是不大对头了。"当即吩咐手下把那个击鼓人叫来，击鼓人果然哭丧着脸说："小人的妻子昨夜不幸亡故，我见今天军中大宴，不敢请假回去料理丧事，可是击鼓时心里老是放不下，望大人恕罪。"薛嵩一听，连忙让他回家，还赏给他一笔银钱。

打这以后，薛嵩对红线格外赏识，常常和她在一起谈论音乐，并不把她当作丫鬟看。

那时候，"安史之乱"刚刚平定，肃宗皇帝当朝。朝廷在滏(fǔ)阳设置了昭义军节度使，派薛嵩领兵去镇守，控制太行山以东地区的局面。说起来，"安史之乱"之后，朝廷上下犹如惊弓之鸟，一时想不出好办法，就只好通过加强节度使的权力来维持各地的安全。但是节度使手里的军队一多，又会生出野心，朝廷生怕控制不了，就又想出其他办法来牵制他们。当时，黄河两岸有三个节度使，朝廷就命令薛嵩把自己的女儿嫁给魏博（今河北大名东）节度使田承嗣的儿子，又让薛嵩的儿子去娶滑州（今河南滑县一带）节度使令狐彰的女儿做妻子。这样一来，三个节度使之间结成了儿女亲家，常常互相派人问候，联系十分紧密。朝廷认为这是让他们相互牵制，好从中控制他们的好办法。

谁知道朝廷的如意算盘到头来还是落空了。却说那魏博节度使田承嗣，原来是安禄山的部下，在"安史之乱"中，他攻打洛阳，为叛军卖过命；后来一看大势已去，赶紧掉过头来，摇身一变，又成了代宗手下的一员大将，因而官运亨通，从郑州刺史升为魏博节度使。此人患有肺热病，天气一热就受不了。他羡慕薛嵩的驻地，说那里气候凉爽，如果自己能够调到潞阳驻扎，说不定还能多活几年呢。

所以，田承嗣从自己部下挑出三千精兵，称为"外宅男"，摩拳擦掌，加紧操练，准备拣一个黄道吉日，冷不丁出兵奇袭，占领潞州，逼着薛嵩跟他调防。

薛嵩原是薛仁贵的子孙，想当初薛仁贵三箭定天山，东征西讨，多么英勇！但到了薛嵩这一代，早已成了软脚蟹，哪里还有什么武将的威风？听到这个消息，薛嵩只会长吁短叹，紧锁双眉，却拿不出一点办法来。他也知道这时候去报告朝廷是没用的，因为朝廷内外交困，泥菩萨过河自身难保，哪里有工夫来管这种小事。看来只有膝盖上打瞌睡——自靠自了。

这天晚上，薛嵩拄着手杖，在庭院里徘徊，只有红线一人跟在身边。

红线见他心事重重，就悄悄地问："大人坐立不安，牵肠挂肚的，莫非为的是魏博的事？"

薛嵩一挥手，不耐烦地说："这是关系到本州安危的国家大事，比不得弹琴弈棋，你就别过问了。"

红线扑哧一笑，顽皮地说："大人怎么知道我只会弹琴弈棋呢？一个篱笆三个桩，一个好汉三个帮。有什么心事，大人不妨说说看嘛。"

薛嵩眉梢一挑，觉得是不该小看她，就推心置腹地把目前的处境跟她说了一遍。

红线微微一笑，说："这事好办。今夜我就为大人到魏州城里去跑一趟，探探虚实。我一更动身，三更一定赶回来。大人不妨先派好一名骑士做使者，准备一封向田大人问候的书信，别的事就等我回来再商议吧。"

薛嵩一听，吓了一大跳，一更出发，三更回来，潞州和魏州之间路途遥远，难道她会飞不成？再朝她看看，倒也不像是在开玩笑，就忧心忡忡地说："万一不成功，捅了马蜂窝，岂不更糟！"

红线莞尔一笑，大大咧咧地说："我这次去，一定会给你带来好消息的，大人尽管放心。"

说罢，红线转身回房，换了一副行装：头上乌蛮髻，插一支金凤钗，光彩照人；一身紫色绣花紧身袄裤，足踩青丝软鞋，胸前横插一把龙纹匕首。一转眼，她就不见了踪影。

红线一走，薛嵩越发担心起来，他睡不着觉，索性一个人在房中独酌，等候红线回来。喝着喝着，忽听远处传来拂晓时兵营的号角声，窗外仿佛有一片树叶飘落，薛嵩连忙起身，只见桌上烛光摇曳，红线已经站在他的面前了。

薛嵩喜出望外,急切地问:"办成啦?"

红线点点头。

薛嵩又问:"没有出什么人命吧?"

红线说:"还不至于到这个地步吧。我不过是自作主张,拿了他床头一只金盒,做个凭证罢了。"

"哦,你好厉害,居然能从他的床头取物。来来来,坐下说,坐下说,究竟怎么回事?"

"大约半夜前三刻光景,我就到了魏州。田承嗣的府邸是个深宅大院,里外都有'外宅男'把守,有的来回巡逻,传呼着口令,有的正在走廊里打瞌睡。我躲过他们的耳目,绕道而行,闯过好几道门,来到田承嗣的床前。只见他屈着腿,正在床帐中呼呼大睡呢。他的枕头前放着一把七星宝剑,宝剑前是一只金盒,盒盖正打开着。我一看,里面有张纸,上面写着他本人的年庚八字和北斗神的名字。纸的上面,散放着名贵的宝珠和香料,可见这个金盒对他来说非常重要。他想靠着这只金盒里的玩意儿来使自己长命富贵,却哪里知道其实北斗神帮不了他的忙,他的性命在我的掌握之中!再一想,他也不过是这大千世界中的一个小小可怜虫而已,杀他就如踩死一只蚂蚁,我还嫌弄脏了我的手呢。我朝四周一看,烛光摇曳,香烟袅袅,室内陈列着各种兵器,好几个侍女伺候他。这时候,这些侍女却都在打瞌睡呢。我从床上抱过金盒,一跃身,出了房门。一路上,也没遇到什么麻烦。这一去一回,大概走了七百里路,经过了五六个城池。好了,现在总算没有辜负大人的期望,把事情办成了。下一步该怎么办,我不说,大人心中也早已一清二楚了。"

薛嵩自然心领神会,当即铺开信笺,提笔给他的亲家公写了一封书信，大意是："昨夜有客人从魏州来，说是从元帅枕边拿了一只金盒。我哪敢留下，特地派专使将它送还，请元帅仔细查收。"这信是话中有话，外柔内刚，究竟有多少分量，田承嗣心中当然有数。信写好，便连同那只金盒一并交给早已等候着的骑士，命他快马加鞭，驰往魏州。

天蒙蒙亮的时候，使者来到魏州。这时，田承嗣已经发现金盒失窃，传令全军四下搜查，闹得全城鸡飞狗跳。使者一进城，直奔节度使府邸，用马鞭子"啪啪啪"地敲门，说是潞州有急事，要求田大人亲自接见。

田承嗣听得消息，衣冠不整地就出来接见。使者也不多说，双手递上书信和金盒。田承嗣一见金盒，胆战心惊，两手瑟瑟发抖，差点把金盒打翻在地，打开一看，里面的物件倒是一样不缺。只是再一细想，这金盒居然会在薛嵩的手里，这事意味着什么，还用说吗？田承嗣顿时像只斗败的公鸡，耷拉下了脑袋。

薛嵩的使者刚走，田承嗣便赶紧派自己的专使回拜薛嵩，并让专使带去三万匹绸缎、两百匹名马、许多奇珍异宝和一封辞意恳切的书信。信中说："薛大人有好生之德，才留下了我这颗脑袋。人非草木，孰能无情，从今往后，我一定安分守己，重新做人，随薛大人鞍前马后，听候你的吩咐，绝不敢有什么非分之想。至于那些'外宅男'，当初我是为了防备盗贼才拉起来的，大人不必多心，如今我已经把这支人马全解散了。"

天下没有不透风的墙。不到一个月，黄河两岸就传扬起红线盗盒的事来。薛嵩家中有这么一个了不起的女侠，他还会有什么事办不到呢？各地的节度使得知这个消息，都对薛嵩另眼相看，纷纷派出使者送礼传信，拉拢关系，薛嵩的名声自然也一天天大起来。

忽然有一天，红线来向薛嵩告辞，说是要出远门。

薛嵩哪里舍得她走，说道："你从小就在我家长大，我也一直没有亏待过你。现在正是需要你出大力的时候，你怎么说起要走的话来呢？"

红线说："当初有个白胡子老公公对我说，我的前世原本是个男人，闯荡江湖，四海为家，学得一手医术，为人治病消灾。有一次遇到一个女子怀孕在身，她偏偏又得了一种怪病，肚子里生了许多虫子，到处求医都打不下来。我出于好心，给她吃了一种药酒，结果呢，虫子是打下来了，可是那个女子也死了。她这一死，肚子里的一对双胞胎也跟着死了。你看看，这有多糟！一下子死了三个人。老天爷惩罚我，才让我今世做个丫鬟。不过，魏州盗盒这件事现在想起来还是做对了，至少使得潞州和魏州两地的老百姓免掉了一场可怕的战争，可以安安稳稳地过上一段日子。对我来说，这也算是将功赎罪了。既然如此，我还老待在这里做什么呢？让我离开这混浊的尘世，找个清静的地方自由自在地生活吧。"薛嵩见她执意要走，就拿出一千两银子来送给她。红线说："我一个人来去自由，如果带着这么多银子，岂不成了累赘？"

薛嵩特地举行一次盛大的宴会，为红线饯行。酒喝到一半，红线说是醉了，离开酒席回房。从此，人们就再也没有见到她的踪影了。

【故事来源】

据唐朝袁郊《甘泽谣·红线传》译写。

南柯迷梦

这个故事,据说发生在唐德宗贞元七年(791年)九月。

淳于棼(fén)是吴楚一带很有名气的游侠。他不拘小节,在社会上结交的朋友三教九流、各色人等都有。他曾经是淮南军的偏将,只因贪酒闹事,顶撞了主帅,被撤职回了家。

他家住在广陵郡(今江苏扬州)东面十里地。住宅南面有一棵大槐树,枝繁叶茂,郁郁葱葱,树荫下的空地足足有四五亩呢。淳于棼常和他的朋友们在槐树下饮酒作乐。

这天,淳于棼一高兴,又喝了个酩酊大醉,两个好朋友把他扶到东厢房里躺下,说是还要去喂马、洗脚,就到外面去了。淳于棼宽衣解带,昏昏入睡,迷迷糊糊地仿佛进入了梦乡。

只见门外进来两个穿紫衣的使者,跪地叩拜说:"大槐安国国君久慕淳于君大名,特派小臣前来,奉邀大驾光临。"

淳于棼也不细问,竟神差鬼使地起了床,整一整衣衫,跟着紫衣使者出了门。门外停有一辆四匹马拉的车辇(niǎn),装饰华丽,左右侍从七八人。淳于棼上车后,马车就直奔那大槐树而去。到跟前一看,树下有个偌大的树洞,好似城门一般。驾车的侍从一挥鞭子,车辇就不知不觉地进了树洞。

咦!这么多人马,怎么钻得进一个小小的树洞呢?淳于棼心中咯噔一下，想问又不敢问。车辇跑得飞快，他就这么糊里糊涂地进了洞。再一细看，他不觉又大吃一惊，那里的山川风光、花草树木简直美丽极了。走了几十里路，前面有座大城，城内好不热闹，车水马龙，人来人往。行人见淳于棼的车辇过来，纷纷让路。不一会儿，又进入一重城门，眼前是一幢朱彩高楼，门楣上悬挂着一块闪闪发亮的金匾，赫然写着"大槐安国"四个大字。门卫一见车辇到达，就飞奔到里边禀报去了。

不一会儿，有人骑马出来说："国王有旨，驸马远来，先去东华馆歇息。"说罢，就领他们到了东华馆。淳于棼进去一看，哈哈，到处是奇花异草、亭台楼阁，曲径通幽，赛过一个大花园。走进室内，但见窗明几净，香气馥郁，珍果佳馔早已摆满了一桌，看来这里真把我当作贵宾了，淳于棼心里有说不出的高兴。

忽听外面有人传呼："右丞相到！"淳于棼连忙走下台阶迎候。右丞相穿着紫衣，捧着象简*，客客气气地对他说："敝国地处偏僻，迎来贵宾大驾光临，真是不胜荣幸。国君有一公主，欲与淳于君结为姻亲，请勿推辞。"

淳于棼喜出望外，这才明白刚才为什么有人会称他驸马，原来他们早就安排好了。他连忙说："我是个普通的平民，怎敢有此奢望！"右丞相知道他不过是假客气，也不多说，就请淳于棼到自己府上做客。

他们一起走了一百来步，又进了一幢豪华的官邸，两旁士兵夹道排列，刀光剑影，煞是威严，他的酒肉朋友周弁（biàn）居然也排在队伍里，正诚惶诚恐地朝他张望呢。淳于棼越发得意起来，连胸脯也挺起了好多。

右丞相又带他去见国王。进入金碧辉煌的大殿，便见坐在龙

象简
即象笏（hù），象牙制的手板，是古时大臣朝见时手中所执的狭长板子，用玉、象牙或竹片制成，用来指画和记事。

南柯迷梦

椅上的那个人穿着素练服，戴着朱华冠，煞是威严。淳于棼不由得心头"怦怦"直跳，赶忙战战兢兢地俯伏在地下，连头也不敢抬。

国王说："令尊大人不嫌敝国陋小，答应了这门亲事。我很高兴，决定将小女瑶芳嫁给你。你们择日完婚吧。"

淳于棼听国王提起自己的父亲，不觉流下了眼泪。原来他父亲一直在边关打仗，听说被敌人抓去了，已经十多年杳无音讯。他想问清楚，却又不敢，就糊里糊涂地答应了下来。

当天晚上，右丞相设宴款待，奇珍异味，绝妙歌舞，让淳于棼大开眼界。舞罢，一群花枝招展、光彩照人的妙龄少女向他贺喜，内中有个少女对他说："你还记得吗？上巳节*那天在禅智寺的天竺院里，我和几个姊妹坐在北厢房的石阶上，观赏婆罗门舞。你过来跟我们说笑逗乐，我将一块红手帕系在竹枝上。还记得这件事吗？"

淳于棼连忙说："是有这么回事。我一直记在心上，怎么会忘记呢？"

"这就是了。想不到这事果然有了结果。你知道当时坐在我边上的那个姊妹是谁吗？她就是即将下嫁给你的金枝公主瑶芳呀！"

听这么一说，淳于棼更是心旌(jīng)摇荡，巴不得马上去见自己的心上人。

不一会儿，又进来三位眉清目秀的少年，说是来给淳于棼当侍从的。淳于棼一看，其中一人是自己认识的，就问："你不是冯翊人田子华吗？"

"是的。"

"周弁也在这儿，你知道吗？"

上巳节
俗称三月三，是中国民间的传统节日。当天，古代人们结伴去水边沐浴，此后又增加了祭祀宴饮、曲水流觞、郊外游春等内容。

"知道知道。周弁当上了司隶，很有权势，我常常得到他的照应呢。"

嘿！居然能在大槐安国遇见两个熟人，淳于梦越发高兴起来。

于是，在几十个宛若天仙的妙龄女郎的簇拥下，淳于梦端坐车中，一支浩浩荡荡的仪仗队将他送进了修仪宫，他风风光光地跟金枝公主拜堂成了亲。

却说这金枝公主不过十四五岁，如花似玉，正是淳于梦当初在禅智寺见过一面的美女。从此以后，淳于梦就过起驸马爷的生活来了，进进出出都有车马相送，国王还常常邀请他去西郊打猎，每次打猎都满载而归。

一天，公主对他说："你难道不想为朝廷做些事吗？"他说："我懒散惯了，恐怕不会做成什么事。"公主还是劝他："身为男子汉大丈夫，整天吃喝玩乐，总也不是个正道。不妨去试一试嘛，我会帮你的。"

过了几天，国王果然对淳于梦说："南柯郡太守玩忽职守，已经被我罢黜了。朕想借助淳于君的才华去管理这块地方，你和小女一起去上任吧。"淳于梦向国王提出，希望把自己的老朋友周弁和田子华一同带去，也好充当自己的左右手。国王一口答应。出发这天，国王与王后亲自设宴为他们饯行。

到了南柯郡，淳于梦清正廉明，事必躬亲，周弁和田子华两位朋友也配合得很好。二十年里，他们把南柯郡治理得井井有条，百姓们安居乐业，对他交口称赞。国王十分高兴，屡屡为他加官晋爵。这期间，他们夫妻一共生了五男二女，儿子们都做了官，女儿们也都嫁给了皇亲国戚。

谁知道好景不长。附近的檀萝国出重兵来犯。淳于梦派周弁带兵三万，迎战于琼台城。哪知周弁刚愎自用，大意轻敌，落得个全军覆没，狼狈不堪，只剩他一人光着上身骑马逃回。淳于棼拍案大怒，立即将他绑上囚车，送去京城请罪。

偏偏祸不单行。那边战事刚刚平复，这边金枝公主又不幸染病在身，医治无效，几天后就去世了。淳于棼哀痛欲绝，亲自扶送灵柩回京，下葬在京城东郊的盘龙冈。经过这几番波折，他再也没心思做官了，便上书国王，要求辞去南柯太守之职。国王同意了他的请求。

再说淳于棼生性豪爽，一向喜爱结交朋友。回京之后，他整天跟那些达官贵人来来往往，喝酒玩乐，过于招摇，时间一长，连国王都有些看不惯了。这时候，民间又不知从哪儿冒出一股谣言，说是天上出现了不祥之兆，国家要遭大难，京城将要迁徙，宗庙都保不住啦，还说这祸根在一个外族人身上。一时之间，大槐安国人心浮动，一片混乱。

这不是明摆着把矛头指向淳于棼吗？国王不敢怠慢，和几个大臣一商议，把淳于棼软禁了起来。

淳于棼哪里想得通呀！他想自己到大槐安国这些年，没有功劳也有苦劳，百姓爱戴，政绩有目共睹，到头来好心不仅没有得到好报，却落得如此下场。这又从何说起呢？

国王也知道他冤枉，安慰说："小女不幸夭亡，不能与你白头偕老，我们大家都很悲伤。如今这件事我也是身不由己。我看你离家多年，倒不如先回家去看看吧。"

淳于棼说："这里就是我的家，还叫我到哪里去呢？"

国王忍不住哈哈大笑起来："你的家在人间，怎么会是这里呢？"

淳于棼听得这话，就像做梦似的，弄得有些莫名其妙。隔了好一会儿，一个激灵，他才回忆起在大槐安国的经过。于是，他就流着眼泪要求回家。

国王派原先迎接他的那两个紫衣使者送他，坐的车破破烂烂，临走时竟没有一个人相送。一迎一送，真是天壤之别，他心中不由得感慨万千。不过一路之上，山川道路，花草树木依然如故，这才给了他一些安慰。

不一会儿，马车驶出一个洞口，他又回到了老家的那棵大槐树下。淳于棼睹物思人，不觉悲从中来，默默地下了车。走进家门，来到东厢房，一看，咦，自己的身体不是好端端地躺在床上吗？这又是怎么回事？他心中惊疑不定，不敢贸然上前。

正在徘徊之际，忽听耳边有人在大声呼喊他的名字，他睁开眼来仔细一看，却见童仆们都围在他的身边，而他的两个朋友正在边上洗脚呢。

这么说，他是做了一个梦呢！

哎！这个梦也真够离奇的，太阳还没下山，他不过睡了这么一会儿工夫，居然在梦中度过了一世，真是太玄乎了！

淳于棼把梦的经过对朋友细说一遍，大家也都惊诧不已，陪着淳于棼一同出门，到那棵大槐树下寻找那神奇的洞穴。

一找，果然找到了。把洞穴掘开，只见那里面挺大的，足足可以放一张床，上面堆着几个土堆，就跟一些大大小小的城郭楼台似的。那儿聚集着成千上万的小蚂蚁，中间有个红颜色的小台，住着两只大蚂蚁，红头，白翅膀，边上还有几十只大蚂蚁像是在保护它们。

哦，原来如此！看起来这儿就是他梦中所到的大槐安国了，那两只蚁王就是国王和王后。

索性一不做，二不休，再掘一个洞穴看看。洞在树的南面，也有不少蚂蚁，那儿大概就是南柯郡吧。

西边还有一个洞，有一只死乌龟，已经烂了，积了不少水，边上杂草丛生，看来就是当年打猎的西郊吧。东边也有一个洞，树根盘屈，就像龙蛇的形状，那儿就是金枝公主的葬地盘龙冈了。

一个一个洞穴看过去，往事历历在目，淳于棼不由得感慨万千，连忙吩咐仆人，按原样将洞穴掩盖起来。谁知道当天夜里下了一场倾盆大雨。第二天再去看那蚂蚁窝，蚂蚁都搬了家，一只也不见了。

【故事来源】

据唐朝李公佐《南柯太守传》译写。明朝汤显祖"临川四梦"之一的《南柯记》就是根据这个故事发展而成的。

聂隐娘

唐德宗贞元年间,出了个闻名遐迩的女侠聂隐娘。

聂隐娘是魏博大将聂锋的女儿。在她十岁那年,有个尼姑到聂锋的门口来化缘,一见隐娘,就喜欢上了她,摸着她的头,对聂锋说:"我有个请求,将军能把这个女孩子交给我去培养吗?"聂锋勃然大怒,心想:我堂堂大将的女儿,怎么会交给你这种人去培养呢?他一声怒喝,要把她赶走。那尼姑微微一笑,冷冷地说:"将军就是把她锁进铁柜,我也有办法偷走的。"

到了夜里,门不开,窗不破,聂隐娘果然不见了。聂锋大惊失色,派人四处搜寻,却毫无结果。聂锋夫妻万般无奈,一想起自己的女儿,就只能面对面地痛哭。

过了五年,那尼姑把聂隐娘送了回来,对聂锋说:"我已经把她培养好了,你领回去吧。"忽然之间,那尼姑不见了。

一家人又哭又笑,围着隐娘问长问短,好不热闹,问她在那里学了些什么。她说:"也不过是念念经而已,没学什么。"聂锋不相信,再三追问,聂隐娘才说:"我真的说了又怕你们不相信,叫我说什么好?"聂锋说:"你就照实说吧。"

隐娘说:"当初我被尼姑领去后,不知走了多少路,只记得天亮时到了一个大山洞。那一带荒无人烟，猴子倒是不少。已有两个女孩在那里了，都很聪明，能在悬崖峭壁间行走如飞。尼姑给我吃了一粒药丸，又给我一把锋利无比的宝剑，让我跟着那两个女孩学，渐渐地，我觉得自己也身轻如燕了。

"一年后，我用剑去刺猴子，百无一失；后来刺虎豹，也都能砍掉它们的头颅；三年后，我已经能腾空飞跃，刺老鹰也百发百中。我用的宝剑越换越短，最后只有五寸长。飞禽遇见我，还不知道我是从哪儿来的呢。

"到了第四年，尼姑留那两个女孩守山洞，把我带进城里，指着一个人，一五一十地数说他的过错，并对我说：'你去把他的头割下来，不能让他发觉。你放大胆子去吧，这跟刺杀飞鸟一样容易。'她给我一把羊角匕首，才三寸长，我就在光天化日之下杀人，却没有一个人发觉。我把那个坏人的头颅割下来，放进一个口袋里。回到尼姑的住处后，她拿出药水来一浇，头颅在顷刻之间就化成了血水。

"第五年，她又对我说：'有一个大官很坏，无缘无故害死了好几个人，犯下了滔天大罪。今天夜里你到他房里去，割下他的头来。'我又带着匕首去了，从他家的门缝里挤进去，一点儿也不觉得困难。我伏在梁上等到天黑，又轻而易举地把那人的脑袋割了下来。回来时，尼姑大发脾气，问我：'为什么回来得这么晚？'我说：'我看见他正在逗一个小孩儿玩，那小孩儿挺可爱的，我不忍心，所以迟迟没下手。'尼姑训斥我说：'以后遇到这种情况，先杀死他喜爱的人，然后再杀他本人，千万不可手软。'我一一答应。

"尼姑又说：'我为你剖开后脑勺，把匕首藏在里边，对你不会有什么伤害的。以后你要用匕首，抽出来随时可以用。'她为我藏好匕首后，又对我说：'你的武艺已经学成，可以回家去了。'于是，她就把我送了回来，对我说：'再过二十年，我们还会见面的。'"

聂锋听完这番话，很是害怕，却又毫无办法。从此以后，一到夜里，聂隐娘就失踪了，第二天天亮又回到家中。聂锋连问也不敢问，也不再疼爱她了。

一天，有个磨镜子的青年工匠经过他家门口。聂隐娘忽然对父亲说："这个人正可以做我的丈夫。"聂锋不敢不答应，就把她嫁给了磨镜匠。这人只会磨镜子，别的事一窍不通。聂锋见了直摇头，却又无可奈何，只好给了他们一大笔钱财，让他们小夫妻到外面找房子，分开来住。

几年之后，聂隐娘的父亲死了。魏博统军大帅知道她有本事，就用重金聘她做自己的侍从官。

这样又过了几年，到了宪宗元和年间，魏帅和陈许（今河南一带）节度使刘昌裔闹翻了，两人水火不相容。于是，魏帅派聂隐娘赶到许昌去刺杀刘昌裔。

却说这个刘昌裔能够神机妙算，他早知道聂隐娘要来，就预先对手下的一个军官说："你明天一早到城北去等候。有一男一女，骑着黑驴和白驴到城门口。鹊儿啼叫，那男的用弹弓打鹊儿没打中，那女的夺过弹弓，一弹子就把鹊儿打死了。这时候你就可以上前行礼，说是我要见他们，所以才派你在城门口恭候的。"

那个军官按照刘昌裔的吩咐，果然遇上了聂隐娘夫妻，他把刘昌裔的话转述了一遍。隐娘夫妻很是惊奇，就说："刘长官果然神机妙算，不然，怎么会知道得这么详细呢？我们愿意见他一面。"

他们去见刘昌裔，刘昌裔对他们非常客气，隐娘夫妻向他致礼，连声说："冒犯长官，真是罪该万死。"刘昌裔说："不能这么说，各为其主，这是人之常情。不过，魏博和陈许又有什么不同呢？我劝二位还是留在这儿吧，不必有什么疑虑。"隐娘爽快地答应了，说道："我们愿意离开那边到这边来，主要是佩服长官的神机妙算。"其实聂隐娘心里明白，魏帅比不上刘昌裔。刘昌裔问她需要什么，她说："每天只要二百文钱就够了。"刘昌裔答应了她的要求。

忽然之间，士兵报告说客人的两头驴不见了。刘昌裔派人去找，找来找去也找不到。后来偷偷搜查隐娘的布袋，才发现袋里有两张纸剪的驴，一黑一白，不觉吓了一跳，这才知道隐娘本领高超，大家都不敢出声了。

一个月以后，隐娘对刘昌裔说："魏帅不会善罢甘休的，一定还会派人来探听消息。今夜我要剪掉头发，用红纱绸包好，送到魏帅的枕头边上，让他知道我不会再回去了。"刘昌裔一口答应。

到了四更，隐娘就回来了，对他说："我已经把信送到了。魏帅杀心很重，估计后天夜里他会派精精儿来杀我，还要取长官的脑袋。不过，我会千方百计把精精儿杀死的，长官不必担忧。"

这天夜里，刘昌裔特地把灯烛都点燃起来，照得屋里如同白昼般。半夜里，果然有两面旗子一样的东西，一红一白，在床的四周飘来飘去，过了好一阵子，只见一个人从空中跌落下来，头和身体已分了家。这时，隐娘出来了，高兴地说："精精儿被我杀死了！"她当场把尸体拖到天井里，用药化成水，连毛发也没有剩下。

隐娘又说:"后天夜里,魏帅还会派妙手空空儿接着来。说起空空儿的神术,别说凡人不是他的对手,就是鬼也跟不上他的踪影。他能从空虚进入无涯,不见身影,不留痕迹。隐娘的技艺也比不上他呢。这次全凭长官的运气了。不过你可以用西域于阗的玉石围在头颈上,再用被子裹住,隐娘变成一个小虫钻进长官的肠子里去听动静,其余也没地方可以躲了。"刘昌裔言听计从,一切照办。

三更时分,刚合上眼,就听得脖子上"吭"的一声。说时迟,那时快,隐娘已经从他嘴里跳了出来,刹那间,变回到原来的模样,向刘昌裔祝贺道:"好啦,长官没事了。这人像一只骏猛的飞鹘(gǔ),一扑不中,就飘然远逝。他羞于没杀死你,一去不回,一个时辰不到,早已飞出千里之外了。"后来去看围在头颈上的玉石,果然有一条很深的匕首划痕,差一点就要把玉石剖裂了。刘昌裔感激万分,送给聂隐娘一份厚礼。

宪宗元和八年(813年),刘昌裔要进京觐见皇帝,隐娘不愿跟他去,说:"我想游历名山大川,寻访有道术的人。只是请求你给我丈夫一个挂名的官职,也好让我放心。"刘昌裔一口答应。

后来刘昌裔死于军中,隐娘骑着驴子赶来吊唁,在灵柩前痛哭一场,又走了。

文宗开成年间,刘昌裔的儿子刘纵被任命为陵州(今四川仁寿县一带)刺史,在进四川的栈道上遇见了聂隐娘。她的容貌一点也没变,还是像以前那样潇洒地骑着一头白驴。她对刘纵说:"公子将会遭遇一次大灾,你不适合在这里。"当即拿出一粒药丸,让他吞下去,又说:"你明年必须火速辞官,赶回洛阳,才能避开这场灾祸。我这粒药丸,也只能管你这一年内无事,切记切记!"

刘纵听了，也不怎么相信，送给隐娘好些绫罗绸缎。隐娘摆摆手，一匹也没拿，只是喝得酩酊大醉，然后就走了。过了一年，刘纵舍不得辞官，果然死在了陵州。

从此以后，就再也没有人见过隐娘了。

【故事来源】

据《太平广记》卷一百九十四引唐朝裴铏《传奇》译写。这是唐代侠义小说中的代表作，对后世有很大影响。宋话本有《西山聂隐娘》（已散失），清朝尤侗(tóng)有戏曲《黑白卫》。"妙手空空"现已成为成语，多指小偷，亦比喻手头没钱。

定婚店

唐宪宗元和二年（807年），杜陵（今陕西西安市东南）这个地方有个名叫韦固的青年，从小死了父母。他日夜想要娶个妻子，有个温暖的家，可是多方求婚，总是不成功。这次，有人又来给他做媒，说是前任清河司马潘昉的女儿跟他挺般配的。韦固一听，也很乐意，就约定次日早晨在宋城（今河南商丘）南西面的龙兴寺门口会面。

韦固求婚心切，头天晚上就赶到那家客店，第二天清晨天刚蒙蒙亮，他就急火火地赶到了那里。

这时，一钩新月还斜挂在天边，朦朦胧胧的。只见一个精神矍铄的老人，正靠着一只布袋，坐在石阶上，凑着月光在翻阅书卷。韦固走上前去一看，却不认识书上的文字，觉得既不像虫篆、八分或蝌蚪的样子，又不像是梵文，这是什么文字呢？他弄不懂了，就上前向老人行了个礼，恭恭敬敬地问道："老伯，你看的是什么书？我从小刻苦读书，世上所有的文字，自以为没有不认得的，甚至西域各国的梵文也能读得出来。只是这本书上的文字，我从来也没有看到过，这究竟是怎么回事？"老人笑着说道："这不是人间的书，你哪里会见过呢？"

"不是人间的书，那是什么书呢？"

"是阴间的书。"

"哦，阴间的书！这么说你是阴间的人了，怎么会跑到这里来呢？"

被他这么一问，老人也忍不住呵呵笑出了声，对他说："并非是我不应当到这儿来，而是你来得太早了。要知道，所有阴间的官吏，差不多都掌管着人间的事，只是白天不出来而已。如今道路上有人也有鬼，一般人也是分辨不出来的。"

韦固接着又问："那么你所掌管的又是什么呢？"

老人说："我掌管的是世上有关婚姻的文书。"

韦固一听，这不正好嘛，便连忙对老人说："我小时候就丧失了双亲，想早些结婚，好生个儿子，承继韦家的香火。十年来，我托了好多人，却总是高不成、低不就的，没有一个合我的心意。如今有人和我提亲，约我到这里来，准备把潘司马的女儿说给我做妻子。你倒说说看，这一次能成功吗？"

老人摇摇头，断然回答说："不行，结婚要有缘分。没有缘分的人，哪怕是豪门大族降低了身份，去向下三流的人家求婚，也照样不成功，何况你是在向有地位的人家求婚呢，哪有这么容易！老实告诉你吧，你的妻子今年刚满三岁，到她十七岁那年，她自然会走进你家大门的。现在急什么！"

听他这么一说，韦固心里一下子冷了许多，大失所望。这时，他看见老人手里提着一个布袋，就没话找话地问道："那么，这布袋里装的是什么东西？"

老人说："是些红绳子，专门用来缚夫妻双方脚的。每当有一对应该结为夫妻的男女出生后，我就暗中用红绳把他们的脚缚住。不管是冤家对头，贵贱悬殊，还是异乡陌路，天涯海角，只

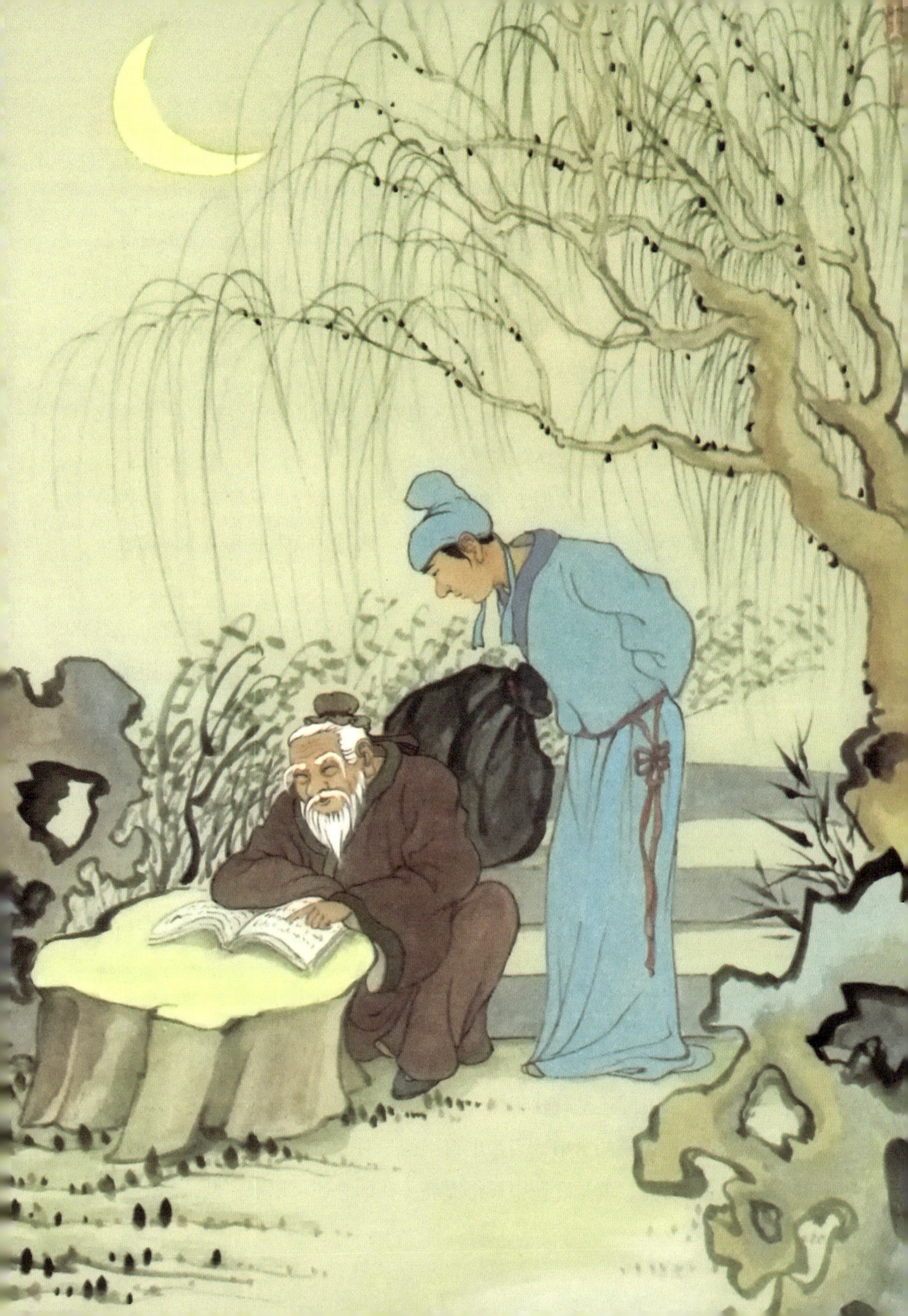

要用这根绳子一缚,谁也摆脱不了。而今,你的脚已经和那个女孩的缚在一起了,再向别处求婚,还会有什么结果呢?"

噢,天底下竟还有这种怪事!韦固有些不死心,又追根寻底地问道:"那么,我的妻子住在哪里?她家里是干什么的?"

老人说:"就是客店北面那个以卖菜为生的陈婆的女儿。"

"可以和她见一见面吗?"

"这倒也无妨。陈婆常常抱着孩子到市场去卖菜,你跟着我走,我会指点给你看的。"

到了天明,那个约好的人也不知什么缘故竟没有来,韦固心里有数,这门亲事肯定又泡汤了。这时,老人卷起书本,提着布袋要走,韦固连忙紧跟着他。

他们走进小菜场,有个瞎了一只眼睛的老婆婆,抱着个三岁的小女孩正迎面走来。只见那个小女孩穿得破破烂烂的,跟那个老婆婆一样难看。老人指着她对韦固说:"喏,这就是你的未婚妻!"

韦固一听,气不打一处来,心想:"这是什么话?让我跟这么一个又难看又肮脏的小女孩结婚,开什么玩笑!"忽然之间,他心里冒出一个坏念头来,脱口就对老人说:"我可以把她杀掉吗?"

老人双手直摇,坚定地说:"不行不行。这个人应当享受朝廷俸禄,将来还会因为你的显贵而得到封邑呢,怎么可以随便把她杀掉!你别胡思乱想了。"

话一说完,老人就不见了。

韦固还是耿耿于怀,骂道:"这个老鬼也太荒唐了。我是个有地位人家的子弟,娶亲也得门当户对才是。即使娶不到显贵人家的女儿,就是歌妓中长得漂亮一些的总还可以吧,怎么偏偏要配给我这么一个瞎眼老太婆的丑女儿呢？"

韦固回到家里，越想越气，越想越不是滋味，索性磨快一把刀子，交给他的一个仆人，嘱咐他说："你一向办事利落，帮我办一件事吧。只要你替我把那个老太婆的女儿杀掉，我就赏给你一万钱。"

仆人一拍胸脯，说："好，区区小事，我一定替你办妥。"第二天，那个仆人把刀子藏在衣袖里，走进菜场，突然在人群里刺了那个小女孩一刀，刺完拔腿就跑。市场上顿时骚乱起来，众人大哭小叫，一片混乱，韦固和仆人跑得快，没有被抓住。

一路上，韦固迫不及待地问仆人："刺中了没有？"

仆人懊恼地说："起初我是想往她心窝里刺的，不料一时心慌，不知怎么的却刺中了眉间。"

韦固还是不死心，此后，还是屡屡向人求婚，果然一次都没能成功。

光阴似箭，不知不觉又过了十四年。因为韦固的父亲从前有过功勋，朝廷委任他做了相州参军。相州刺史王泰叫他在司户手下做属官，专门审理罪犯。一段时间下来，王泰觉得韦固很有才能，便把自己的女儿许配给他。

新娘子年纪大约十六七岁，貌若天仙，端庄文雅，韦固对她非常满意。就是有一件事弄不明白，她的眉毛中间常常贴着一张花钿(diàn)，即使在沐浴的时候，也从没有取下过。

有一天，韦固忽然回想起从前他让仆人行刺那个小女孩却误中眉间的事来，心中咯噔一下，忍不住追问妻子，究竟为啥要贴花钿？他的妻子一边流泪，一边哀哀地说起往事来：

"我是刺史的侄女，并不是他的亲生女儿。从前我父亲在宋城做官，不幸死在任上。那时我还是个婴儿，母亲和哥哥又先后死去。我家只有一所庄园，坐落在宋城南面，我便和奶妈陈氏住在一起。那儿离客店很近，奶妈就靠卖菜过日子。她可怜我幼小，片刻也舍不得把我丢在家里。在三岁那年，她把我抱到市场上去，忽然被一个暴徒刺了一刀，刀痕如今还在，所以我用花钿把它遮盖起来。七八年前，叔父在卢龙做官，我才开始跟在他身边。他特别疼爱我，把我当成自己的女儿，嫁给了你。"

听完，韦固心里很是震动，连忙又问："陈老太婆是不是瞎了一只眼睛？"

妻子也愣了一下，说道："是啊，你怎么会知道？"

韦固难过地说："说来惭愧，那个用刀刺你的人，就是我指使的呀！"接着，他长叹一声，感慨万千地说："真是太奇怪了，这么说来，婚姻确实是有缘分的。"

于是，他就把当年遇见月下老人的事，一五一十地说了出来，觉得很对不起妻子。这样一来，他们夫妻反倒更加相敬相爱了。

老人们常说的"赤绳系足"这个典故就是从这个故事来的。韦固当年遇见月下老人的那家客店，被当地人称作"定婚店"。

【故事来源】

据唐朝李复言《续玄怪录》卷四译写。民间多以"月下老人"比喻媒人，以"赤绳系足"比喻姻缘有分。《红楼梦》第五十七回里，薛姨妈对黛玉、宝钗两人也说起了"千里姻缘一线牵"的故事，说什么"若是月下老人不用红线拴的，再不能到一处"，可见这个故事影响深远。

斗雷公

在唐宪宗元和年间,海康(今广东湛江市雷州半岛)这个地方出了个了不起的英雄,名叫陈鸾凤。他行侠仗义,不怕鬼神,乡亲们把他比作晋朝除三害的英雄周处,称他为"周处第二"。

那时候,海康有座雷公庙,雷公的像塑得特别大,面目狰狞,煞是可怕。当地老百姓都迷信雷公,常常成群结队地到庙里烧香。据说这里有个老规矩:每年听到第一次打雷,老百姓要记住这是天干里的哪一天,过了十天,又遇到这个日子,大家就得躲在家里,不能出去干活;谁要是违反了,不出两天就会遭雷击而死。这究竟是怎么回事?谁也说不清,只知道这是祖祖辈辈传下来的老话,没有一个人敢破。

有一年,海康大旱,老百姓点起香烛,备了三牲福礼,到雷公庙求拜,折腾了好几天,仍不见一点雨星。陈鸾凤越想越不是滋味,就跑到庙里骂起雷公来:"我们这个乡是雷公乡。你这个雷公不来保佑我们百姓,却厚着脸皮享受大伙儿隆重丰厚的祭品,你像话吗?现在庄稼枯焦了,池塘干涸了,牲畜都拿来充作祭品,也杀得差不多了,雨却还是不见一滴,我们还要这座雷公庙来做什么!"陈鸾凤越骂火气越大,骂到后来,索性放一把火,把雷公庙给烧了。

不多久，天上果然飘来一股怪云，一时间狂风骤起，雷雨大作。陈鸾凤大喝一声，跳到高坡上，把刀朝那股怪云砍了过去，不偏不倚，正好砍在雷公的左臂上，把左臂给砍掉了。雷公"哎哟"一声，跌落在地。鸾凤过去一看，这雷公长得怪模怪样的，活像一头熊猪，头上长角，浑身是毛，皮肉和翅膀都是青色的，手里拿着一把短柄的刚石斧。雷公的断臂上淌出一大摊血，它一跌到地上，天空中的风也停了，雨也歇了，四周静悄悄的。

陈鸾凤一看，心里全明白了，知道这雷公其实也没什么了不起的，所以胆子越发大了起来，他手舞足蹈地跑回村，大声喊道："快，快跟我去看！哈哈，今天我把雷公的臂膀给砍断了！"

村里的人听了，大惊失色，一窝蜂赶去看，果然看见雷公狼狈不堪地躺在地上，一双三角眼正可怜兮兮地眨巴着。鸾凤举起竹炭刀，又要去砍雷公的头，扑上去还要咬雷公的肉。乡亲们哪里见过这种场面，一个个吓得瑟瑟发抖，拼命拉住陈鸾凤的衣袖，泪眼汪汪地求他："雷公是天上的神灵呀，你不过是个下界的凡人，怎敢大逆不道，杀起雷公来了！你不要命就算了，还会拖累全乡人跟着你一起倒霉，这可怎么使得！"全乡老少都来阻拦，大哭小叫的，陈鸾凤只得歇手。

不一会儿，天上响起隆隆的雷声，远处又飘来一股怪云，顿时狂风大作，阴霾四起，一阵旋风过来，把受伤的雷公连同它的断肢卷走了。紧接着又下起了倾盆大雨，从中午一直落到傍晚，方圆百里，干枯的禾苗全给救活了。

谁知道好人没有好报：乡里的百姓谁也不去感谢陈鸾凤，反倒一个个板起脸来斥责他，说他千不该，万不该，不该违背祖

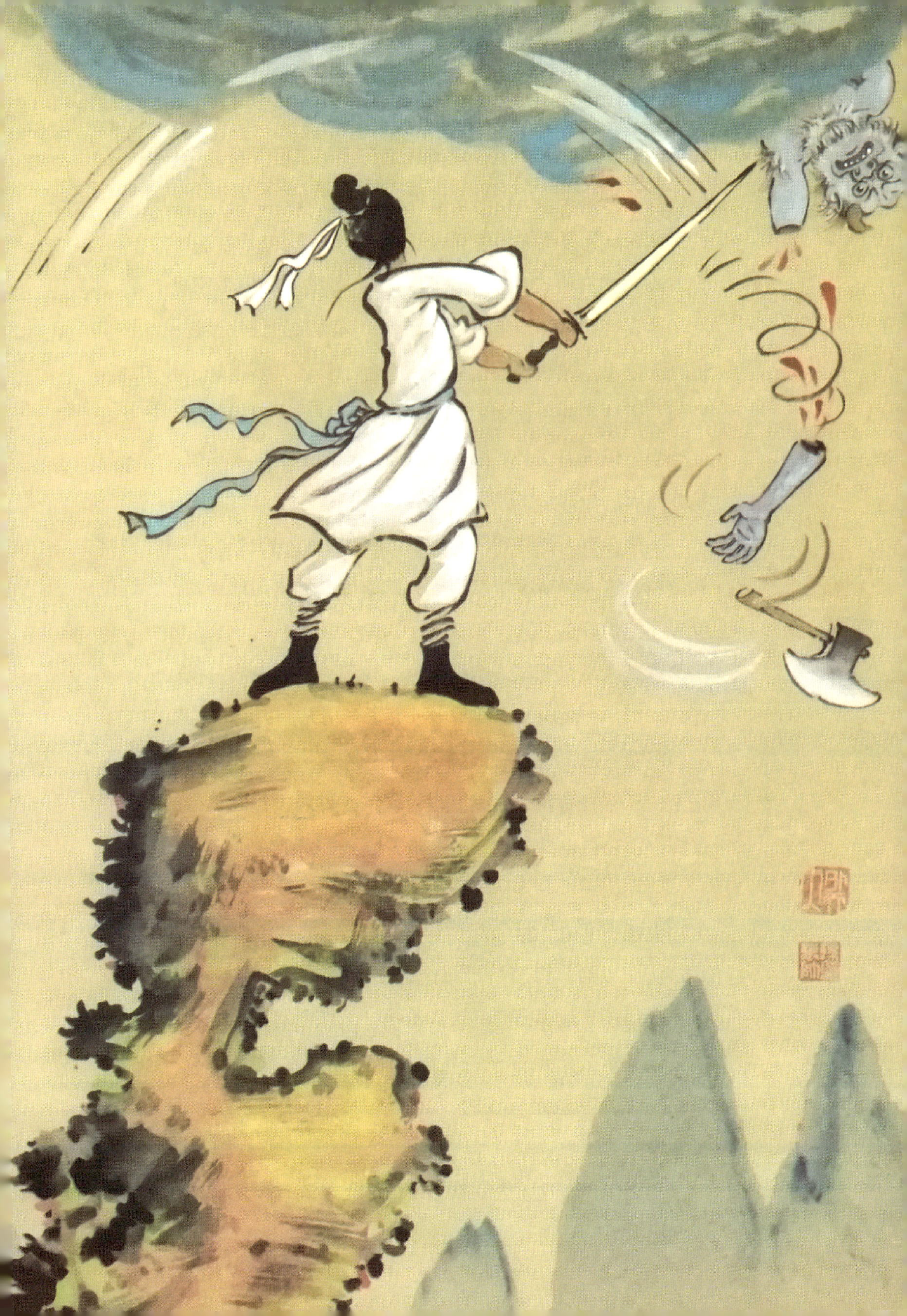

训，闯下了这弥天大祸；说他是个扫帚星、害人精，坚决不许他再在村子里居住，生怕给乡里带来说不清的祸害。

陈鸾凤无法跟他们争辩清楚，摇摇头，只好带着这把竹炭刀，含着眼泪离开自己的村子，跑到二十多里外的表哥家里去了。

他表哥还不知道他砍雷公的事，高高兴兴把他接进屋。谁知道当天夜里，他表哥家遭到雷击，房子莫名其妙地烧了起来。陈鸾凤知道这是冲着他来的，闷声不响，拿起手里的竹炭刀站在庭院当中，单等着雷公下来跟他较量。谁知道折腾了半夜，雷公只是在四周拼命打雷，就是不敢下来伤害陈鸾凤。

不久，有人把陈鸾凤斗雷公的事告诉了他表哥。表哥吓得脸孔煞白，这才弄清家中遭遇天火的原因，哪里还敢再留他，好说歹说，把他赶走了。

陈鸾凤举目无亲，走投无路，找到一座和尚庙过夜，谁知道还是不行，和尚庙又遭到雷击，烧了个精光。

眼看自己再也没有落脚之处了，陈鸾凤咬咬牙，夜里举个火把上山，东找西找，找到一个钟乳洞，进洞去过夜。山又高，洞又深，雷公再也没办法惹是生非了。

他在山洞里一连住了三天三夜，看看确实没啥危险了，这才大摇大摆下了山，回村去了。

从此以后，海康一带每逢遇上旱情，乡亲们就会想起陈鸾凤，觉得还是他好，凑些钱送给他，千恩万谢，求他再去斗一斗雷公，让雷公给地方下一场雨。陈鸾凤每次都不推辞，觉得为乡亲们做点事也是应该的，就带着那把竹炭刀，站在那里等雷公来。

说来也怪，这雷公欺软怕硬，一见是陈鸾凤，就乖乖地给他下了一场雨。于是，海康地方上的人把陈鸾凤叫作"雨师"，把他当成了英雄。

【故事来源】

据《太平广记》卷三百九十四引裴铏《传奇》译写，刘恂(xún)《岭表录异》、沈既济《雷民传》以及房千里《投荒杂录》等书也有记载。在西南许多少数民族中，至今还流传着各种各样的斗雷公的神话传说。

蓝桥相会

唐穆宗长庆年间，有个名叫裴航的读书人，一心想考进士，却总是考不上。他有些心灰意冷了，就到鄂渚（今湖北武昌黄鹄山附近）一带去游玩，顺便拜访老朋友崔相国。崔相国安慰了他一番，送给他二十万钱，让他再进京考一次。于是，裴航雇了艘大船，载着这些钱财，沿湘江、汉水北上。

和他同乘一艘船的，有个女子，人家叫她樊夫人，长得很漂亮。裴航和她隔着帷帐攀谈过几句，觉得很谈得来，就想跟她当面好好谈谈。一时找不到好办法，只好花钱去贿赂樊夫人身边的侍妾袅烟，让她帮忙送一首诗给樊夫人，诗中写道："同为胡越犹怀想，况遇天仙隔锦屏。倘若玉京朝会去，愿随鸾鹤入青云。"表达了他对樊夫人的思念之情。谁知道诗送过去后，却石沉大海，一直没有回音。裴航几次问袅烟，袅烟只是笑着说："夫人读过你的诗，就扔在一边，跟没看见似的，我有什么办法？"

裴航只好另想办法。半路上，他上岸买了些名贵的酒和时新的水果，再托袅烟送过去。这一次果然灵光，过不了多久，樊夫人就派袅烟来请裴航见面。裴航到了那里，掀起帷帐，见到了樊夫人。她肌肤光滑细腻，花容月貌，犹如月里嫦娥、天仙下凡，一下子把裴航给镇住了。樊夫人轻声地说："我的丈夫在汉南，想到山里隐居，捎信来要我去跟他告别。为了这件事，我心乱如麻，担心路上有所耽搁，误了时间，哪里还有什么心思来跟别人说话？跟你同乘一艘船，我不胜荣幸，只是希望你不要轻薄。"裴航吓得连声说："不敢，不敢。"樊夫人请他喝酒，他老老实实喝了几口，就告辞回去了。

后来，樊夫人又派袅烟送一首诗给裴航，诗中写道："一饮琼浆百感生，玄霜捣尽见云英。蓝桥便是神仙窟，何必崎岖上玉清。"裴航读了以后，觉得十分惭愧，对樊夫人的情操很是敬佩。不过这首诗究竟说的是什么意思呢？蓝桥在哪里？云英又是谁？都感到有些莫名其妙。那次见面以后，裴航就再也没见到樊夫人了，只是通过袅烟，转达过几次问候而已。

到了襄阳，樊夫人和袅烟带着行李悄悄上了岸，也没跟裴航告别，谁也不知她们去了哪里。裴航到处寻访，可哪里还寻得着她们的踪影？

裴航寻不着樊夫人，只好整理整理行李到京城去。

路上经过一个蓝桥驿站时，裴航觉得口渴。他看见那里有三四间茅草棚，低矮局促，一个老婆婆在搓麻绳，就恭恭敬敬地向她行了礼，想讨点水喝。

老婆婆随口叫了一声："云英，这位郎君要喝水，快端碗水出来。"

裴航一听，马上就联想到樊夫人的那首诗。那里面不是也提到了"云英"两个字吗？不过他还是不知道这中间的含义。

不一会儿，门口的苇帘子微微掀起一角，一双白玉似的手捧出一个瓷碗。裴航连忙接过瓷碗，一喝，嚯！这水赛过琼浆玉液，一股浓郁的香气在心口飘逸开来。裴航有心想见一见送水的人。喝完水之后，他乘着还瓷碗的机会，猛地一掀苇帘，发现一个妙龄女子坐在里面。那女子婀娜多姿，貌若天仙，就是空谷幽兰也比不上她的俏丽。裴航眼睛一亮，再也舍不得离开了。他找了个借口，对老婆婆说："我的仆人和马匹都饿得走不动了，想在这儿休息一下。我一定会重重报答你的。"老婆婆朝他看看，说："随你的便吧。"

仆人们吃过饭，又喂了马，裴航还是不想走。他只好把话挑明了，对老婆婆说："刚才我看见你家小娘子，容貌出众，举世无双，我愿意用厚重礼物娶她做妻子，你老人家能不能答应呢？"

老婆婆说："我现在年老体弱，常常生病，身边只有这么一个孙女儿了。前几天有个神仙送给我一些仙药，说这药放在一只玉制的杵臼(jiù)里捣一百天，服用后可以长生不老。可是我还没找到玉杵臼呢。你想娶我的孙女，就得答应我一个条件，替我找到一只玉杵臼。到那时候，我会把她嫁给你的。其他的金钱财物，我也根本用不着。"

裴航一心想娶这个少女，就一口答应下来，对老婆婆说："好的，一言为定，请你给我一百天期限。我一定在一百天之内带着玉杵臼来见你。"

老婆婆笑眯眯地说："好，就这么办吧。"

裴航来到京城，一门心思到市场上去寻访玉杵臼，早把考试的事丢到九霄云外了。他每天走街串巷，打听每一家店铺，即使遇见熟人，也当不认识一样，口口声声要找玉杵臼，大家都把他当作疯子。

寻访了好久，毫无结果。后来一个卖玉器的老翁，很同情他，告诉他说："听说虢(guó)州 *药铺有个卞(biàn)老，他在出售玉

虢州
今河南灵宝市，位居河南、陕西、山西三省交界的枢纽地带，属中华文明发祥地之一。境内的函谷关形成一道天然屏障，是古代通洛阳、达长安、连京都、接帝畿的要冲，为历代兵家必争之地。

杵臼。我替你写封信，你去找他吧。"

裴航喜出望外，带着老翁的书信赶到虢州，果然见到了玉杵臼。卞老一开口，讨价二百缗，少一缗也不卖。裴航把腰包里的钱全都掏了出来，还是不够，一咬牙，把仆人和马匹全卖掉了，才算凑足这个数目，从卞老手里买下了玉杵臼。

裴航拿着玉杵臼一路步行，急忙赶到蓝桥驿站，交给那个老婆婆。老婆婆接过玉杵臼，放声大笑，说道："哪里还能找得到像你这样守信用的年轻人呀！我再爱惜自己的孙女儿，也不得不报答你啦。"

那个女子也笑着对他说："不过你还要帮我们捣药，捣一百天，药捣成了，到那时才能商量结婚的事。"

老婆婆从衣襟里取出药来，裴航二话没说，就认认真真地开始捣起来。白天，裴航用玉杵臼捣药，晚上老婆婆就把它收起来，放进内室。到了夜里，裴航却听见捣药的声音，他好生奇怪，忍不住起来偷看，竟看见一只玉兔正在捣药。裴航很是感动，捣起药来更起劲儿了。一百天之后，老婆婆把裴航捣的药吃了下去，对他说："我要进仙洞去说一声，替你们筹备婚礼。"说罢，便带着她的孙女进了一个山洞，不久又派了车马，把裴航接进去了。

车马把裴航带到一个奇妙的地方，那里布置得富丽堂皇，帷帐屏风、珍珠宝玉应有尽有，他和那女子就在那里成了亲。老婆婆把裴航介绍给来贺喜的各位宾客，他们都是神仙。其中有个仙女，说是他妻子的姐姐，问他："你还认识我吗？"裴航一时之间想不起来了。那仙女说："你忘记啦，我们不是同乘一艘船从鄂渚到襄阳的吗？"这么一说，裴航大吃一惊，顿时想起当时的情景，才知道她就是樊夫人。

到了这时，裴航才弄清楚，当初樊夫人的诗里早就预言了他的爱情。

【故事来源】

据《太平广记》卷五十引唐朝裴铏《传奇》译写。宋代官本杂剧《裴航相遇乐》和元明清的许多戏曲、话本也往往搬演这个故事。二十世纪三十年代美国《魂断蓝桥》电影的这个译名，也是从这里借鉴来的。"蓝桥投杵"已成为典故，形容男女爱情；"蓝桥"则特指男女约会的地方。

村妇勒石

唐朝咸通年间,有个军官张季弘,是远近闻名的大力士。

他的力气有多大,举个例子你就知道了。有一次,天下大雨,长安城里胜业坊一带的道路泥泞不堪,坑坑洼洼的。有个乡下人赶着一头驴子,驴背上驮着沉甸甸的柴禾从那儿走过,驴蹄子陷进污泥里,拔也拔不出,走也走不成,僵在路当中,众人干着急。这儿是交通要道,来来往往的人马越来越多了,路边又是一条河,想绕道也没法绕。两边的人一见路给堵死了,都很恼火,说三道四,骂骂咧咧的,却谁也没办法。这时候,正好张季弘也路过胜业坊,见这情景,便拨开人群,走到驴子边上,"嗨"的一声,两手抓住驴子的四条腿,一下子把驴子给举了起来,然后又随手一扔,把驴子给扔过河去了。说来也怪,那驴子不偏不倚,竟稳稳地落在河对岸的路上。可不得了!四周围观的人一个个目瞪口呆。打这以后,张季弘的名声就在长安一带传扬开来。

后来,他到襄州(今湖北襄阳一带)做官。路过商山(今陕西商县东南)时,天色黑了下来,路旁有家客店,他就在那儿住了下来。

张季弘刚安顿好行李,就听见客店里一个老婆婆在跟他儿子说话。老婆婆说:"儿啊,那个恶人马上就要回来了,你还不快点把菜饭都准备好,免得她一回来就吵闹。唉!真是作孽。"说完,就长吁短叹起来，好不忧愁。听起来，他们母子两人对那个"恶人"非常害怕。

张季弘一向好打抱不平，就走过去问那个老婆婆："刚才无意间听到你们说话，你们很是担忧，也不知道出了什么事？"

老婆婆说："没啥事，是说儿媳妇快要回来了。"

"咦，儿媳妇有什么好怕的？一家人，还不好说话吗？"

"唉，客人有所不知，说起我家的那个儿媳妇来，话可就长了。这个恶人，真是前世作孽，天生力气大，从小就霸道得很，人人都怕她。"

张季弘一听，忍不住笑了起来，拍着胸脯对老婆婆说："要说别的事，我倒也不敢包揽；要是说到力气大，谁还能大得过我？别怕，我来替你教训教训这匹野马。"

老婆婆和他的儿子听了，好不高兴，连忙向他叩头致谢，连声说："太好了，太好了。如果你能好好管教管教她，我们母子俩可得要好好酬谢你了。"

消息很快传遍了全村，说是旅店里来了个长安城有名的大力士，要教训教训这家的儿媳妇。所以，四邻八舍的人都赶来看热闹。

不一会儿，旅店主人的儿媳妇背了一大捆柴禾从山里回来。张季弘一看她的相貌，只觉得平平常常的，还带着几分俊秀，跟别人家的媳妇没啥两样，也就更加不把她放在心上了。

旅店后面的菜园子里，正好放着一块很大的磨盘石，张季弘走过去，威风凛凛地坐在磨盘石上，旁边放着他随身带的一根骡鞭，亮闪闪的。他摆足了架势，这才派人去把旅店主人的儿媳妇叫过来。

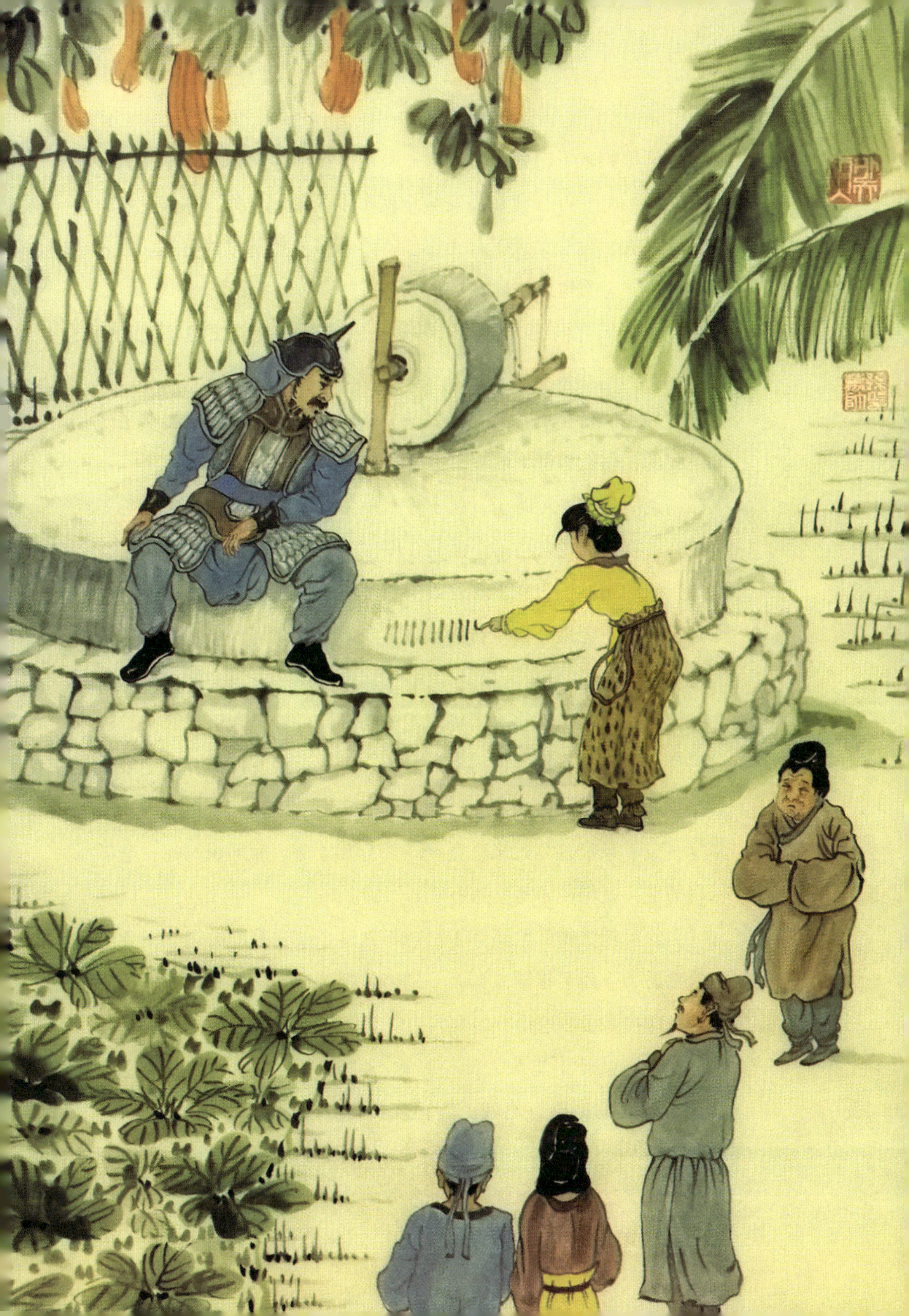

那媳妇来了，张季弘劈头盖脸地一顿训斥："你是这里主人家的儿媳妇吧？好！我在长安城里就听别人说起过你，你倚仗着自己力气大，无法无天，目无尊长，不肯好好服侍你的婆婆。太不像话了，怎么可以这样呢？"

那媳妇先向张季弘恭恭敬敬作了个揖，接着又心平气和地说："长官可不能偏听偏信，草率行事，总得让我也说几句吧。不是媳妇不服侍婆婆，实在是做长辈的总嫌媳妇不好，横挑鼻子竖挑眼的，怎么看都不顺眼。你说我有什么办法？"

老婆婆在一旁听了，忍不住上前帮腔，训斥起媳妇来："你不要在客官面前花言巧语，强词夺理！"

媳妇当然不服气，含着眼泪跟婆婆争辩起来："俗话说，有理走遍天下，无理寸步难行。就说某年某月某日那件事吧，难道也是媳妇的过错？"

话一说开头就收不了场。媳妇索性一件一件地诉说起来，桩桩件件，有根有据，说得头头是道。她每诉说一件事，就随手在张季弘坐着的大磨盘石上用中指划一条痕，用来记个数。谁知道这一条一条痕迹划过来，竟条条都有几寸深。而那媳妇呢，毫不费力气，就像在面团上随手划划似的。

这可把张季弘给吓坏了！想不到这个文文静静的女子，竟然这么厉害。用手指随意那么一划，就把这梆硬的石头给划出几寸深的印痕来了。这得有多大的力气？谁还敢跟她较量？！

张季弘吓得满头大汗，一颗心"咚咚"地跳个不停，连声说："媳妇的话确有道理，清官难断家务事，这事我本来不该管的……"

他支支吾吾站起身，逃回客房，关起门，假装睡觉去了。

第二天一早，他闷声不响，一个人灰溜溜地上了路。等他从襄州回来，路过这儿，想再去打听打听时，人家告诉他，那个儿媳妇已经改嫁给另一个人，走啦！

【故事来源】

据唐朝康骈(pínɡ)《剧谈录》译写。

红叶题诗

唐朝僖宗的时候,读书人于祐到京城长安赶考。傍晚时分,他独自一人在皇宫后面的一条小河边散步。正值晚秋时节,夕阳西下,孤雁声声,凉风骤起,落叶纷飞,不觉地增添了几分思乡的惆怅。

于祐来到河边洗手,水面上漂来许多大大小小的红叶,煞是好看,看着看着,一片特大的红叶引起了他的注意。远远望去,叶面上仿佛隐隐约约写着几行毛笔字。于祐一时兴起,就想方设法地把这张红叶捞了起来,仔细一看,红叶上面题着一首五言绝句:

> 流水何太急,深宫尽日闲。
> 殷勤谢红叶,好去到人间。

于祐越读越觉得诗意清新有趣,缠绵悱恻,就拿回去珍藏在自己的书笥(sì)*中。他想:"这条小河是从后宫流出来的,人称御沟。一定是一位很有才气的宫女把诗题在红叶上,让它浮在水上,漂出宫来的。唉!这些宫女在高高的宫墙里面,日子过得有多么寂寞,才会发出这样的感慨啊。"从此以后,于祐常常独自

书笥
用竹子编制的方形书箱。

一人浮想联翩，有些神思恍惚起来。

一天，一个好朋友来看望于祐，望着他的脸，忍不住问道："你近来消瘦了好多，不知什么原因。能跟我说说吗？"于祐也不隐瞒，承认自己这几个月来确实饭吃不香，觉也睡不着，接着就把他捡到一片红叶的事从头到尾说了一遍。

那个朋友听完后哈哈大笑起来，说道："你这个书呆子，也实在太傻了。你想想看，那个在红叶上题诗的人根本就不知道外面有一个书生叫于祐，她写诗又不是专门为你写的。再说你也是凑巧捡了这么一片红叶，何必为此生起相思病来？想那帝禁深宫，警卫森严，你就是插上双翅，也飞不进去。你偏偏要在这里苦苦思念，岂不是太傻了！"

于祐却不肯罢休，说道："只要立下志愿，坚持不懈，老天爷总会成全我的。我听人家说牛仙客遇见无双女的事，一直很是羡慕，只要有恒心，办法总会想出来的，你说是不是？"他一直念念不忘那位从来没有见过面的宫女，一次心血来潮，竟捡来一片大红叶，在上面题了两句诗：

曾闻叶上题红怨，叶上题诗寄阿谁？

他痴痴地来到老地方，把这片红叶放进小河，希望它能够流进宫去。凑巧，这片红叶被当初题诗的宫女见到了。

这件事传出去，许多读书人都把它当作笑料谈论。不过也有人赞赏于祐的执着感情，写了两句诗送给他：

君恩不禁东流水，流出宫情是此沟。

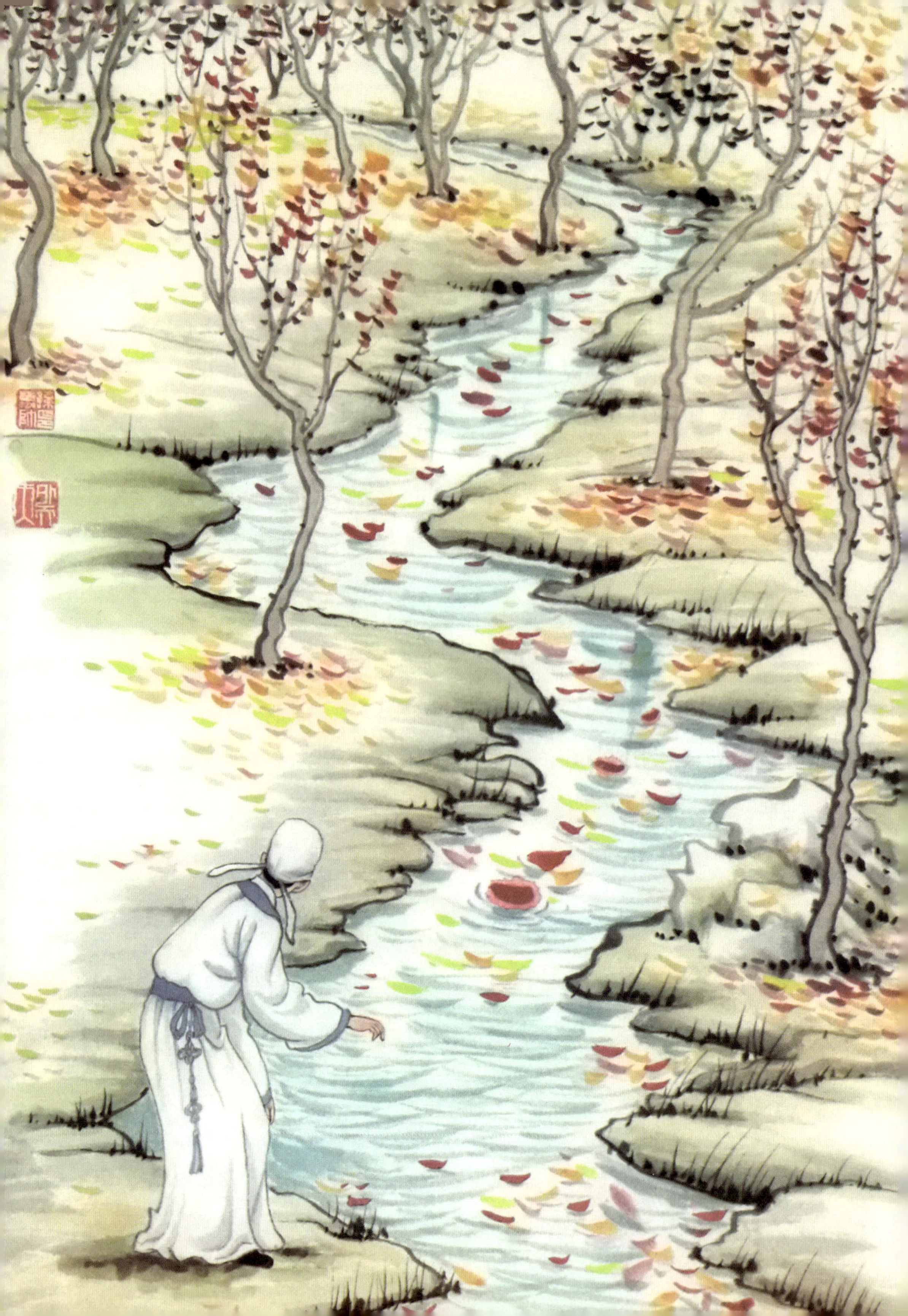

于祐后来考了几次科举，都没有考中，有些心灰意冷了。他到达官贵人韩泳的门下，为他做事，薪俸丰厚，日子过得可以，就不想再去赶考了。

有一天，韩泳对于祐说："皇帝后宫有三千多宫女，年纪大起来了，无所适从，最近皇帝把她们放出来了。其中有个韩夫人，和我同姓，今年刚刚三十岁，姿色很是美丽，出宫之后，如今暂时住在我这儿。我看先生也已进入壮年，孤身一人，也不是长久之计。再说韩夫人从宫中出来，私房钱倒也积蓄了不少，良家女子，又贤惠善良。今天我来替你们做个媒，好不好？"

于祐虽然一直在思念那位红叶题诗的宫女，但终究是单相思而已；现在有这样一个机会，自然不肯错过，当即千恩万谢，答应了下来。韩泳平时对于祐也很器重，如今自己又是大媒人，自然更加起劲，办起有关纳采、迎亲的礼数来，就像自己家里人举办婚事一样，操持得风风光光的。

洞房花烛之夜，韩氏打开放在书桌上的书笥，见里面放着一片红叶，正是当年自己题诗的那片，不觉又惊又喜，忍不住问道："这是我写的诗，怎么会到了郎君的手里？"

于祐就把当年在御沟里洗手，从水面上捡得这片红叶的经过说了一遍。

韩氏又说："后来我在御沟里捡到一片红叶，上面也题了一首诗，不知道是谁写的？"于是，她打开梳妆箱，取出一片红叶。夫妻俩一看，真是巧极了，原来这片红叶正是于祐题诗的那一片。两个人你看看我，我看看你，眼里含着晶莹的泪花，忍不住紧紧地拥抱在一起。

于祐对韩氏说："这是我们两个人的缘分呀！"

韩氏一边擦着泪水,一边高兴地说:"当年我从御沟里捡到郎君的这片红叶之后,虽然不知道题诗的人是谁,不过心中的思念之情却久久无法平静,后来我又题了一首诗,写在红叶上,以寄托我的情思。这片红叶我也一直藏在梳妆箱里。"于是,她又去把这片红叶取出来给于祐看。上面是这样写的:

独步天沟岸,临流得叶时。
此情谁会得?肠断一联诗。

于祐见了,激动得说不出半句话来。

有一天,韩泳在家里设宴招待客人。酒过三巡,韩泳兴致勃勃地对于祐和韩氏说:"我是你们二位的大媒人,你们准备怎样谢我呢?"

韩氏却俏皮地对韩泳说:"为我们二人作合的是苍天,这可不是哪一位媒人能够办得到的。"

韩泳问:"咦,这话什么意思?"

韩氏就把红叶题诗的事从头到尾说了一遍,并且当场提笔,又写下了一首诗:

一联佳句题流水,十载幽思满素怀。
今日却成鸾凤友,方知红叶是良媒。

韩泳读了这首诗,感慨万千地说:"我今天才知道,天下事真是无奇不有,什么事都有个缘分。"

后来,唐僖宗巡幸四川,韩泳特地派于祐带领一百名家童做前导，迎接大驾。见到唐僖宗的时候，韩氏也以旧时宫人的身份去叩见，并且说了红叶题诗的事。唐僖宗笑眯眯地说："这段佳话我在宫中也听说过了。"唐僖宗召见于祐时，也笑着跟他开玩笑说："你早就是我们家的客人啦。"非但没有怪罪他，还让他做了官。

【故事来源】

据宋朝刘斧撰辑《青琐高议》前集卷五《流红记》译写。这个故事最早见于唐朝范摅(shū)《云溪友议》卷十，说的是唐明皇时中书舍人卢渥(wò)的事。后来又有一些书记述了大同小异的传说故事：唐朝孟棨(qǐ)《本事诗·情感》记的是诗人顾况在洛阳从苑中流水得一片大梧桐叶，上面有宫女题诗的故事；五代孙光宪《北梦琐言》卷九中说的是唐僖宗时李茵的故事；宋朝王铚(zhì)《补侍儿小名录》则说的是德宗时贾全虚的故事。《古今情海》卷十二辑录了《通幽记》和《五溪论事》中的两段故事，情节亦大同小异。而《青琐高议》中记述的这则故事，可能是综合前人的多种说法，再加以发展而成。历代文人往往用"红叶题诗""红叶诗""御沟红叶"等描写情思、闺怨，或者比喻良缘巧合。

人面桃花

唐朝时候,博陵(今河北定县)人崔护长得一表人才。这一年,他到长安去考进士,没有考上,心中闷闷不乐。

清明节这天,崔护独自一人出了城南,到野外踏青,走着走着,看见路边有一户人家,门前花木丛生,环境清幽,景色宜人。崔护正好有些口渴,就上去敲门。

敲了好一阵子,有个姑娘从门缝向外探望,怯生生地问:"谁呀?"

崔护就把自己的姓名告诉了她,对她说:"我独自一人出来踏青,因为出门前喝了些酒,现在觉得很是口渴。姑娘能给我一杯水吗?"

听他这么一说,姑娘马上转身进去,端出一杯水来,随即打开大门,请崔护进去,又顺手搬出一把椅子给他坐。

崔护一边喝水,一边打量着这位姑娘,只见她将身子靠在门口的一棵桃树上,在桃花的映衬之下,容貌显得越发艳丽,羞答答地,似乎有什么话要跟他说。崔护看着看着,对她产生了好感,就和她攀谈起来。可是,那姑娘只是笑眯眯地朝他看,就是不肯开口。崔护手上的那杯水早已喝完,再坐在这里也不好意思了,只好恋恋不舍地起身告辞。那姑娘仿佛对崔护也产生了好感，默默地送他出门，又盯着他的背影，看了好一阵子才关门进去。

崔护回来的路上，总是想着桃树下的那位姑娘。

第二年清明节又到了，草长莺飞，桃红柳绿，崔护不觉想起了那位姑娘，思念的情感无法抑制，就独自一人到城南去寻访。

到了姑娘的家门口，景色如故，门上却挂着一把大锁。崔护知道她家没人，今天是见不到她了，心里很不是滋味，就拿出随身所带的笔砚，在她家左边的大门上题写了一首诗：

> 去年今日此门中，
> 人面桃花相映红。
> 人面不知何处去，
> 桃花依旧笑春风。

题罢了诗，又顺手题上自己的名字。然后在那棵桃树底下流连了好一阵子，才带着莫名的惆怅，踏上归途。

过了几天，他还是排解不开自己的思念之情，又情不自禁地到城南去寻访。走到老地方，听见屋里有人在哭，觉得非常奇怪，急忙上前敲门询问。

有个老人出来开门，见崔护满脸疑惑的神情，问道："难道你就是那个崔护？"

崔护点了点头，说："是的。"

这一说，那老人忍不住又放声大哭起来，一手拉住崔护，边哭边说："是你害死了我的宝贝女儿啊！"

崔护大吃一惊，竟不知道说什么才好。那老人一边哭，一边断断续续地说出了原委。他说:"我这个女儿知书识礼,已经到了嫁人的年龄,却还没有许配人家。去年清明节之后,就常常有些神思恍惚,若有所失,问她为什么,她总是不肯说。前几天,我们全家出门一趟,回来的时候,看见左边门上有你题的一首诗。她读过之后,泪流满面,进门就生病了,一连好几天,不吃不喝,也不说话,就这样死去了。唉!我也老了,原想替她找一个读书人,有个美满姻缘,我这个老头子也好有个依靠。如今,全都落空了。想起来她是读了你的诗之后才生病的,这还不是你害死她的吗?"说罢,又拉着崔护号啕大哭起来。

崔护一听,也心痛如刀绞,向老人请求进门为姑娘哭奠一番。

崔护进了姑娘的卧室,见她躺在床上,便扑过去,扶起姑娘的头,放在自己的腿上,连声哭着喊道:"崔护在这里,崔护在这里,姑娘你听见了吗?"

哭着哭着,那姑娘竟奇迹般地睁开了眼睛。又过了半天光景,她真的活了过来。

姑娘的老父亲喜出望外,就把她嫁给了崔护。

【故事来源】

据唐朝孟棨《本事诗·情感第一》译写。崔护所题的这首诗,题为《题都城南庄》,是唐诗名篇,一向为人们所传诵。"人面桃花"后来也成为典故,多用来指爱慕却又不能相见的漂亮女子,以及由此而来的惆怅和叹惋之情。

神笔廉广

这是发生在唐朝时期的一件怪事。有个山东人,名叫廉广,他到泰山上去采草药,半路上遇到狂风暴雨,走不了了,只好找了棵大树躲雨。等到后半夜,雨停了,月亮从云层里钻了出来,照得山上山下格外明亮。廉广就趁着月色,慢慢地走下山去。

到了半山腰,遇见一位白发苍苍的老公公,正肩背一捆柴禾,佝偻着腰,步履艰难地向山下走去。廉广连忙上前打招呼,要帮老公公背柴。老公公朝他笑笑,也不客气了,卸下柴禾让他来背。

走了一段路,到了一片树林里,老人说,歇一歇脚吧,廉广就卸下柴火,找了块干净的石头,用衣袖掸了掸,恭恭敬敬地让老公公先坐。两人坐下之后,就闲聊起来。

老人问他:"小伙子,你平时喜欢些什么?"

廉广老实地回答:"我喜欢画画,可惜没人教,总是画不好。"

老人说:"这好办。我会画画,让我来教你,好不好?"

廉广好不高兴,连忙请求老人当场教他。

老人说:"我送给你一支画笔吧,你可得好好保管哟。这是一支神笔,非常灵验。你拿起这支笔,心里想画什么,笔下就会画出什么来,画啥像啥,活灵活现。"说罢,他从怀里取出一支画笔,送给了廉广。

廉广乐得合不拢嘴，接过神笔，连连向老人叩头道谢。等他抬起头来再看时，老公公已经不见了。他这才知道，自己遇上仙人啦！

从此以后，廉广拿神笔画画，果然画啥像啥，活灵活现。画条鱼，放到水里就会"泼剌剌（là）"地游走；画只鸟，一展翅膀就飞到树林子里去了；画朵花，一下子就会发出沁人心脾的香气；画个米囤子，嗬哈，里面竟会有吃不完的白米。廉广想，这事可不能让别人知道了，否则肯定要惹出麻烦的。所以，他守口如瓶，从来不把神笔拿出来给别人看，自己也不敢轻易作画。

有一次，他到中都县（今山东汶上县）去，不知怎么回事，中都县的李县令竟知道廉广有支神笔。李县令平素也很喜爱字画，家中厅堂的墙壁上挂满了名人字画，却还不满足，一有空就到处打听，哪儿有好字画。听说廉广有支神笔，他自然不肯罢休，连忙把廉广请到县衙喝酒，想从廉广嘴巴里套出这个秘密来。廉广坚持不讲，李县令却死死钉住不放。到后来，廉广万不得已，只好拿出神笔来，替李县令在白墙壁上画了一幅画。这幅画画了一百多个鬼兵，穿着盔甲，拿着武器，雄赳赳，气昂昂，正准备出发去打仗。他们一个个十分逼真，实在是妙极了。

中都县的赵县尉知道此事后，心里痒痒的，第二天也把廉广找去，好酒好菜摆了一大桌，说是非要一醉方休不可。酒过三巡，赵县尉借酒遮脸，半真不假地闹了起来："好哇，你这个廉广，你给李县令画了一幅画，怎么不给我也画一幅？你是嫌我官小，看不起我是不是？"

廉广没有办法，只好又在赵县尉的家里找了堵白墙壁，在壁上照式照样画了一百多个鬼兵，也都穿着盔甲，拿着武器，好像马上要出发去打仗的样子。

谁知道这下可乱了套。到了半夜，两处墙壁上画着的鬼兵一个个活了起来，一看，对面还有一支队伍，这怎么行？双方冲过去，厮杀起来，你一刀，我一枪，直杀得天昏地黑，乌烟瘴气，把两家厅堂里的家具摆设都砸了个稀巴烂。

李县令和赵县尉吓坏了，心里暗暗叫苦。一到天亮，墙上画的鬼兵又不动了。他们哪里还敢留，都不约而同地吩咐手下人把墙壁拆了。

廉广知道自己闯了祸，三十六计走为上计，就连夜逃到了下邳(pī)县（今江苏徐州邳州）。

可是事情还是没了结，下邳县令听说了这事，也去找他，非要他画一幅画不可。

廉广哭丧着脸，再三辩解，说道："我也只不过是在一个偶然的机会遇到了一位仙人，是他向我传授画法，送我这么一支神笔的。我平时从来不敢轻易作画，就是怕弄不好要闯祸。中都县的事，已经弄得我很尴尬了，请大人明察，就别画了吧。"

下邳县令摇摇头，对他说："你上次画的是鬼兵，当然要打仗的；这次你给我画一个动物吧。动物总不会打仗吧。对！你就给我画条龙。"

县令非要他画龙不可。廉广没办法了，只好拿出笔来，画了一条龙。

廉广在墙上画了一条苍龙。刚刚画完，四周就涌起了阵阵云雾，不一会儿，半空中响起了霹雳，霹雳过后，狂风大作，画里的苍龙乘着云雾上了天。龙上天之后，又下起了滂沱大雨，一连七天七夜不停歇。

县令吓坏了，担心雨水泛滥成灾，朝廷怪罪下来，自己担当不起，就说廉广有妖术，故意捣乱，把廉广抓进了牢狱，严刑拷打。

廉广再三申明，说自己根本就没有什么妖术，可是又有谁会相信呢？再说，雨还在下个不停，县令忧心如焚，哪里肯放他走。

廉广好不懊恼，竟在牢狱里号啕大哭起来："仙人啊仙人，你在哪里？快来救救我吧！"

这天夜里，廉广做了一个梦，梦见上次在泰山遇到的那个老公公正朝他走过来，拍拍他的肩膀，亲切地对他说："别怕，别怕，你不是会画吗？就画一只大鸟吧，乘上大鸟，飞出牢狱，不就免去灾祸了吗？"

天亮以后，廉广偷偷地在牢狱的墙上画了一只大鸟，又朝着大鸟一声吆喝，大鸟果然扇动起翅膀来。廉广一阵狂喜，连忙跨上鸟背。大鸟驮着廉广，从牢狱的天窗里"扑棱棱"地飞了出去，一直飞到泰山，才停歇下来。

这时候，那个白发苍苍的老公公早已等候在山上了，笑呵呵地对廉广说："本来我送给你一支神笔，是想为你造福的，谁知道反而使你遭受了灾祸。你还是把神笔还给我吧。"

于是，廉广从怀里取出神笔，恭恭敬敬地还给了老公公，等他再抬起头时，仙人已不见了。

从此，廉广再也不画画了。据说，他在下邳画龙的那一截泥墙，倒是一直保存了下来。

【故事来源】

据《太平广记》卷二百一十三引《大唐奇事》译写。

区寄斗强盗

唐朝时候，郴(chēn)州（今湖南省郴县）出了个了不起的少年英雄，名叫区寄。

区寄家里很穷，常常吃了上顿没下顿，没有钱供他去念书。所以，他小小年纪就替财主家放牛，换口饭吃。

区寄十一岁那年，遇上了两个强盗。这两个强盗是人贩子，专门到乡下捉小孩，捉来之后，再想方设法卖掉。这次，他们乘小区寄不防备，从背后扑上去把他逮住，往他嘴里塞一块布头，再把他的两只手反绑起来，推推搡搡地逼他赶路，准备到四十里外的一个集镇上把他卖掉。

小区寄一向很机灵，一看这情势，知道一时三刻是逃不掉了。两个大人对付一个小孩，而且大人手里还有刀，你说能有什么办法呢？小区寄心中有数，索性装出十分害怕的样子，全身瑟瑟发抖，呜呜咽咽地哭个不停。强盗一见，断定这个孩子是个胆小鬼。是呀，乡下的放牛娃，哪里见过世面？恐怕连村子都还没出去过呢！这一想，两强盗就越发不把他放在眼里了。眼看快要到集镇了，他们先找了个路边的空地歇歇脚，从怀里掏出酒瓶，你一口我一口地喝起来，庆贺他们这一次的成功。

不一会儿，两个人喝得有些醉醺醺了。一个强盗站起身来，一边打着酒嗝儿，一边摇摇晃晃地去集镇上谈生意，想早点把区寄卖掉。临走时，他关照另一个强盗，要看牢这个孩子，别让他跑了。另一个强盗拍着胸脯，说："走吧走吧，老子走南闯北，见得多了，还在乎这么个放牛娃吗？"

那强盗走了之后，这个强盗瞪大了眼珠，朝区寄一声大吼，挥挥拳头，要揍他。区寄马上装出一副可怜相，眼泪鼻涕一大把，好不伤心，哽咽着哀求强盗，千万别打他。这个强盗索性又拔出刀来，朝地上一插，对区寄说："你看见了吧，这把刀可不是吃素的，你要敢动一动，老子马上送你上西天。"区寄连连磕头，一迭声地说："不敢，不敢。"折腾了好一阵子，这个强盗觉得没什么意思了，就躺倒在一块大石头边上，呼呼大睡起来。

小区寄可没有那么傻，刚才的一副可怜相，其实全是装出来的。他见强盗睡熟了，好不高兴，知道自己终于有机会逃脱了，连忙轻轻地朝插刀的地方挨过去。他挨一步，看一看动静，挨一步，再看一看动静。直至挨到了插刀的地方，转过身去，用手摸索着刀柄，把绑在自己手上的绳子凑到那锋利的刀口上，一上一下地用力摩擦，不一会儿就把绳子割断了。

绳子一断，区寄的一双手就自由了。他连忙站起身来，拔出这把刀，"嚓"的一声就把强盗送去见阎王了。

区寄把刀一扔，赶紧朝集镇上逃去。

谁知道没走多远，迎面遇上了另一个强盗。那强盗到市镇上谈妥生意，正回来要把他带去，却见这个放牛娃在朝自己的方向逃来，顿时大吃一惊。他一个箭步扑上去，好似老鹰抓小鸡一般，一下子又把区寄给逮住了。他把区寄拖回原地，一看，可不得了，同伙儿竟躺在血泊之中。这强盗勃然大怒，举起刀来就要

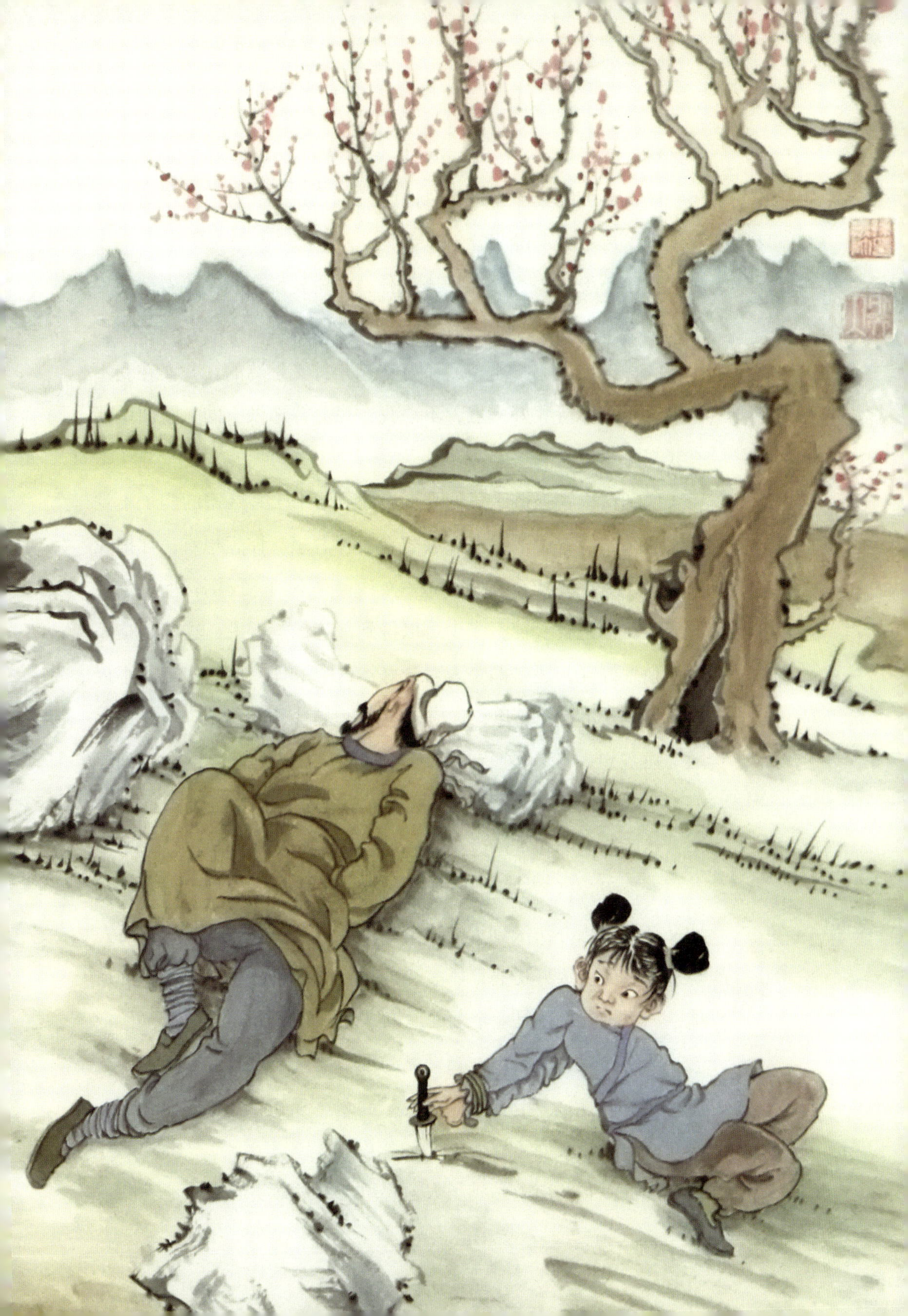

杀区寄。

区寄连忙又哭了起来，对他说："别杀别杀，你听我说嘛，让我说完了再杀也来得及。"

强盗心想："一个小孩子，怕什么？说就说，我倒要看他能说出什么来。"于是，他吼了一声："快说！"

区寄连忙说道："他待我不好，又是打又是骂的，我实在受不了啦。要是你待我好一点，不杀我，我会替你做事的，随便做什么我都愿意。"

说到这里，强盗手里的刀慢慢地放下来了。区寄的胆子不觉大了起来，接着说道："其实我也在替你着想。你想想看，你把我杀掉了，对你有什么好处？你一文钱也拿不到，反倒背上了杀人的罪名。你把我卖掉，多少可以得到一笔钱。再说，这笔钱是一个人独吞好呢，还是两个人对分好？这个道理，连三岁半的小孩也懂的，是不是？所以，你应该谢谢我呢。"

强盗想："嗬！这个孩子还真聪明呢，怎么想得这么周到？好，不杀了。"于是，他动手把死强盗先埋掉，再把区寄捆绑起来，然后把他带到集镇边上一个专门贩卖人口的黑店里。

半夜里，区寄先是闭上眼睛假装睡觉，等那个强盗睡熟了，他又轻轻地想办法滚到火炉边上，把反绑着的手伸到炭火上面去烧。炽热的炭火好厉害，不一会儿就把小区寄的手烧伤了；可是他一声也不吭，还是一个劲儿地烧，终于把绳子烧断了。

区寄的双手一自由，当即拿起刀来把这个强盗也杀死了，然后跑到大街上，"哇啦哇啦"地喊起来。集镇上的人听见喊声，不知道出了什么事，就都从床上爬了起来。

区寄一看，街上站满了人，心里就越发踏实起来。他不慌不忙地对大家说："我姓区，是离这儿四十里的乡下一个放牛娃。两个强盗把我绑架了，要贩到这儿来卖掉。幸亏他们麻痹大意，被我杀死了。我杀了人，一人做事一人当，不会连累乡亲们的。你们把我送到衙门去好了。"

大家一听，竟有这种事，不觉又惊又喜。惊的是小小孩子杀了两个大人，这件人命案子将来怎么了结？喜的是这位少年英雄智勇双全，为民除害，实在可敬可佩！大家一商量，决定还是先送官府为好。于是，集镇长官把案情报告给了州官，州官又报告给了刺史。

刺史颜证知道了这件事，立即派人把区寄叫去。一看，这孩子才十一岁，长得又十分文静，居然能在被绑架之后，临危不惧，随机应变，反倒杀死两个强盗，实在了不起！这样的人长大了，一定是个了不起的人才，于是就想把他留下来，当一名小吏。小区寄摇摇头，说："我不会做小吏，还是让我放牛去吧。"颜证笑了笑，送给他一套衣服，又派人把他护送回家。

从此以后，这一带的人贩子见了区寄都非常害怕，连他家的门口也不敢经过。他们都说，这么个小孩子居然干掉了两个伙计，太厉害了！官府倒还有办法对付，这个孩子却是谁也不敢惹的。

【故事来源】

据唐朝柳宗元《柳河东集》卷十七《童区寄传》译写。区寄杀贼当为史实，因事迹奇特，众口传播开来。柳宗元所记的，是桂部从事杜周士讲给他听的。后来，苏东坡有诗云："此可名区寄，追配郴之荛(ráo)。恨我非柳子，击节为尔谣。"

王谢堂前燕

唐朝时候，南京有个叫王谢的人，家里很有钱，他的祖辈一直做海运生意，而且做得很红火。有一次，王谢准备好了一艘大船，要到大食国（古阿拉伯帝国）去做生意。

船在海上航行了一个多月，忽然遇上狂风恶浪，乌云铺天盖地涌过来；巨鲸大龟，乘风破浪；蛟龙鱼群，推波助澜。他的这条大船失去了控制，一会儿被推上浪尖，好比在九霄云中；一会儿被抛入深渊，又像掉进了地狱。船上的人，站起跌倒，跌倒站起。不一会儿工夫，偌大一艘船就散了架。王谢抓住一块船板，随波逐浪，东漂西荡，总算没有被淹死。

王谢在海上折腾了三天三夜，终于漂到一座海岛边上。他扔掉船板，踉踉跄跄地上了岸，走了百来步，看见对面有两人走过来，一个老头，一个老婆婆，都穿着一身黑衣服，看上去七十多岁。他们一见王谢，就惊喜地叫了起来："咦，这不是我们的东家吗？你怎么到这儿来了？"王谢一时也记不起他们是谁了，就把自己在海上遇难的事说了一遍。这对老夫妻连忙热情地把王谢接到他们家中，坐了一会儿，说："东家远道而来，一路颠簸，一定很饿了，先吃饭吧。"当即端出许多饭菜，那些菜大多是海味做的，味道很鲜美。

过了一个多月，王谢恢复了健康，饭也吃得下，精神也好多了。老头说："我们这里有个规矩，凡是到我国来的人，都得先去拜见国王。前些日子东家身体不好，走不动，这事就拖了下来。现在病好了，去一趟吧。"王谢想，入乡随俗，这也是应该的，就跟着老头出了门。

一路上大街小巷，商店林立，十分热闹。走过一道巍峨的长桥，抬头看见华丽的宫殿，亭台楼阁，雕梁画栋，青瓦白墙，鳞次栉比，煞是气派，一看就知道是国王的住处。到了宫殿门口，与门卫一说，门卫就进去通报了。过了一会儿，一位漂亮的女子出来传话："国王有旨，召你进去谒见。"王谢就一个人先进去了。

进了大殿，便见国王端坐中央，穿着黑袍，戴着黑冠，两旁侍立许多宫女，也身着一色的黑衣服。王谢走上台阶，正要行礼。国王连忙说："免了吧，你从北方大国来，跟朕并无君臣关系，不必下拜。"

王谢说："既然到了贵国，自然得遵守贵国的规矩。"还是恭敬地行了礼。

国王很高兴，也弯腰还礼，还宣王谢上殿，赐他个座位坐下，问他："先生怎么会到我们这个偏远的小国来的？"

王谢说："海上遇到风浪，船破了，才漂来的，只求陛下照应。"

"你现在住在哪里？"

"就住在老翁家中。"

国王一听，又降旨传老翁进宫。老头进来之后，对国王说："他是我的东家，希望能得到照应。"国王说："我们一向好客，这位先生需要什么，只管说就是。"他们告辞出来，王谢还是住在老头家里。

老头有个女儿，很漂亮，有时也给王谢端茶送水。王谢偷偷看她，她也不回避，时间一长，两个人就有了情意。有一天，老头请王谢喝酒，借酒遮脸，王谢就对老头诉说起自己的心意："我全靠你们两位老人家，才在异乡客地住了下来，真是感激不尽。不过我孤身一人，睡也睡不好，吃也吃不香，只怕生起病来，要拖累你老人家了。"老头心里明白，接着话头说了下去："是呀，我也正想跟你说呢。我家小女儿今年十七岁了，是在你家里生的，想把她许配给你，也好使你在这儿稍有个安慰，生活上多个照应，不知东家意下如何？"王谢一听，正中下怀，自然一口答应了。

于是，老头选定吉日，为他们操办婚事，国王也送来了丰厚的贺礼。洞房花烛夜，王谢仔细端详新娘，越看越觉得她婀娜多姿，不由得问她，这里到底是什么国家？她说是乌衣国。王谢又问："你爸爸老是叫我东家，可我又不认识他，怎么会是东家呢？"新娘子笑笑，不肯直说，只是说日子久了你自然就会明白。

后来，王谢发现她总是愁眉苦脸，泪眼汪汪，问她怎么回事。她说："只怕我们要分手了。"王谢说："我老家虽然不在这儿，不过和你结婚之后，就不想走了，你这话从何说起呢？"她长叹一声，哀哀地说："这是缘分，由不得你我。"

春天到了，海上风和日丽。王谢的妻子眼泪汪汪地对他说："你快要回家去了。"果然，国王也派人来跟他说："安排你某日起程回乡，快跟亲人告别一下吧。"新娘子准备好酒菜为他饯行，泪流满面，写了一首诗送给他，又说："从今往后，我再也不会渡海北上了。如果让你看见我不是今天的模样，你心里也一定不是滋味；再说，我要是看见你那优雅的风姿，也会忌妒的。我不再

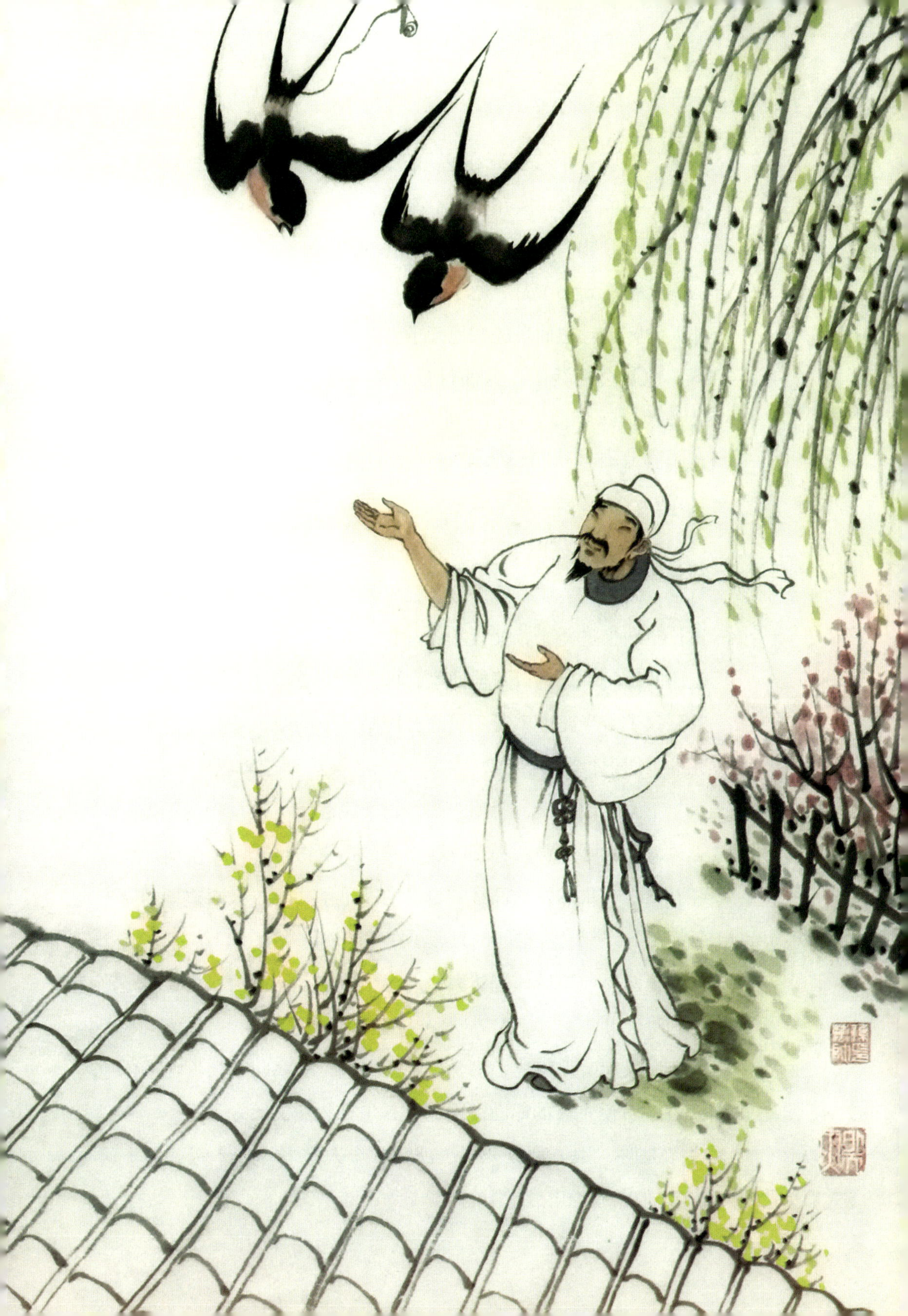

北上，但愿一个人老死在这儿。这儿的一切东西你也不能带走，并不是我舍不得，实在是你不能带。"

她又拿出一丸丹药交给王谢，叮咛他说："这粒仙丹很灵验的，人死不到一个月，吃了都可以复活。你只要用一面镜子放在那人的胸口，把仙丹放在他脖子上，用东南向的艾来支撑，炙一下，他就会复活了。这仙丹是海神特别珍惜的宝贝，从来不许外传的。你要带它过海，非得用昆仑玉做的盒子来装它不可。"新娘子又拿出一只昆仑玉盒，装上仙丹，一起交给王谢，帮他系在左臂上，两人抱头痛哭，依依而别。

王谢去见国王，国王也送给他一首诗，然后下旨把飞云轩取过来。到跟前一看，原来这飞云轩是一顶用黑毡做成的轿子。国王让王谢坐进轿子，又让人提来化羽池的水，洒在轿子里，吩咐王谢的岳父母老两口陪他回家，再三告诫说："闭上眼睛，一会儿就到家了。半路上千万不可睁开眼睛。一睁眼，就会掉进大海淹死的，切记！"

王谢不敢怠慢，紧闭双眼，轿子飞起来了，只听得耳边一片天风海涛的呼啸声，等到呼啸声一停，觉得轿子已经落地，他再睁开双眼，果然发觉已经在自己的家里了。他东张西望，四周不见一个人，只见房梁间两只燕子在呢喃着。

王谢思前想后，恍然大悟，噢！原来自己去的那个地方是燕子国呀。

用人们听得声响，都奔出来迎接他，嘘寒问暖，喋喋不休地说道："听说主人的船在海上遇难，怎么忽然又回来了呢？"王谢说："是呀，别人都淹死了，就我一个人抱着一块木板，漂了回来。"他没敢说出燕子国的事。

王谢有个独养儿子,出海那时才三岁,这会儿不见他出来迎接,就问是怎么回事。用人难过地说:"孩子死去都快半个月了。"王谢一听,好不悲伤,他马上想起燕子国妻子送给他的仙丹,叫人赶快打开棺材,抬出尸体,照她说的办法去做,果然非常灵验,孩子很快就复活了。

秋天到了,两只燕子屋里屋外兜着圈子,鸣声哀伤,想飞回去了。王谢伸手召唤,燕子就飞落在他的胳膊上。王谢拿出纸,用极细的小字写了一首诗,系在燕子尾巴上,诗中写道:

> 误到华胥国里来,玉人终日苦怜才。
> 云轩飘去无消息,泪洒临风几百回。

以此表达他对燕子国妻子的思念之情。

第二年春天,那两只燕子又飞到王谢家中。王谢一看,燕子尾巴上也系了一张纸,取下来,原来也是一首诗,诗中写道:

> 昔日相逢真数合,而今睽(kuí)隔*是生离。
> 来春纵有相思字,三月天南无燕飞。

睽隔
同"暌隔",离别、分离。

王谢读完这首诗,早已泪流满面。原来这首诗是他在燕子国的妻子写的,诗里表达了她的思念,同时告诉王谢,明年不会再有燕子来传递他们之间的相思情了。王谢非常后悔,想当初要是留在燕子国,该有多好!

第二年,那两只燕子果然再也没有飞来。

后来,这个故事传扬开来,南京人全都知道了,大伙儿把王谢住的那条巷子叫"乌衣巷"。著名诗人刘禹锡的《金陵五咏》中，就专门有一首《乌衣巷》：

朱雀桥边野草花，乌衣巷口夕阳斜。
旧时王谢堂前燕，飞入寻常百姓家。

由此可见，王谢堂前燕的故事已广为流传。

【故事来源】

据宋朝刘斧《青琐高议》别集卷四译写。宋朝吴曾《能改斋漫录》考证认为，刘禹锡诗中所说的"王谢"指王导、谢鲲等人，他们都世居乌衣巷；而乌衣巷巷名的由来，则因为这一带吴时驻扎着乌衣营，兵士都穿乌衣。只因刘禹锡的诗，人们才附会出这么一则传说来。

吕洞宾得道

上八洞神仙吕洞宾，起初也不过是个凡夫俗子。他后来怎么得道成仙的呢？说起来还有一段有趣的故事。

当年，吕洞宾向云房钟子学道，一学学了三年。云房钟子变幻出各种各样的情景考验他：一会儿是窈窕美女，一会儿是金银财宝，吕洞宾毫不为之心动。云房钟子看在眼里，记在心里，却依旧不肯把道术传授给他。

一天，吕洞宾号啕大哭，伤心地对师父说："我离开家人，进山跟师父学道，已经足足三年了，受尽千辛万苦，尝遍甜酸苦辣，师父还是不肯把得道成仙的秘诀传授给我，难道我不配做你的徒弟吗？"

云房钟子说："看看你这三年的表现，倒也不是个无能之辈。只是你的功夫还没到家，再练练吧。"

"那么，应该怎样修炼，才能够使我的功夫到家呢？"

"你要想办法拿到金钱百万，来救济天下的穷人。那时候，你的功夫自然就到家了。"

吕洞宾吓了一跳，搔搔头皮说："我是个穷人，两手空空到这儿来学道的，叫我到哪里去弄这金钱百万？"

云房钟子微微一笑，胸有成竹地说："别急，这事好办。我这儿有一种丹药，十分灵验，可以把铜铁变成黄金。你要金钱百万，岂不是三个手指拾田螺——十拿九稳！你有了这种丹药，就可以去救济天下的穷人了。不过，你必须保守秘密，否则是要出大乱子的。"

吕洞宾一听，喜出望外，连忙跪在地上向师父磕起头来。

云房钟子从怀里取出丹药，颤颤巍巍地正要交到吕洞宾手里，吕洞宾心中忽然闪出一个古怪的念头，忍不住问师父："那么，这种铜铁变成的黄金，是不是还会变成铜铁呢？"

云房钟子笑呵呵地说："这个自然，世间万物都是周而复始地变化。今天你把这些铜铁变成了黄金，等到三千年之后，黄金就又会重新变成铜铁的。有三千年的时间，还不够你用吗？"

吕洞宾一听，连连摇头，说道："不行不行。照你这么说，三千年后得到这黄金的人岂不是要倒霉了吗？我不能为了救济今天的穷人而去欺骗三千年以后的人。你要教给我的道，难道就是这样的吗？那我宁可不学道成仙了，你让我回去吧。"

云房钟子哈哈大笑，高兴地说："善哉，善哉！你有这种念头，说明你已经修炼到家了。什么是道？这就是道啊！"

经过这番谈话，吕洞宾豁然开朗，好像一下子明白了，就对师父说："我明白了。照这么说，学道成仙也不是什么难事，这是人人做得到的，为什么不可以传授给更多的人呢？师父让我下山去吧，我要去普度众生，让天下的人都得道成仙，好吗？"

云房钟子朝他看看，捋捋胡须，只是神秘莫测地笑了笑，说道："好吧，你想试，就去试试看吧。"

于是，吕洞宾满怀信心地下了山，游历大江南北，走遍山山水水，每到一地，就热心向人们宣讲他的道义，要度老百姓成

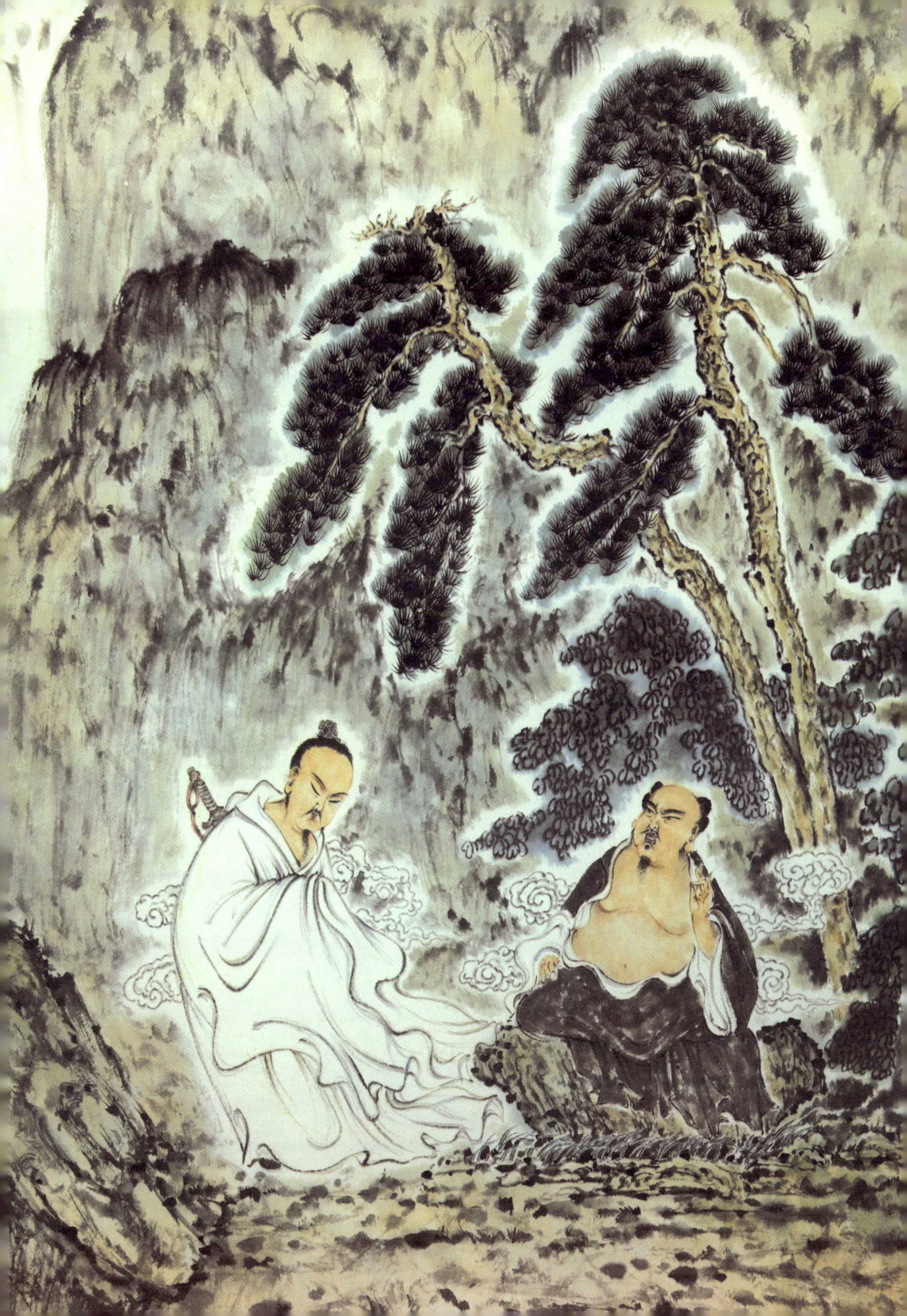

仙。凡是听过吕洞宾说话的人，都觉得他了不起，跟着他一定有好处，大家都诚心诚意地拜吕洞宾为师，口口声声地说："我们一辈子做你的徒弟，今生今世，永不变心。"吕洞宾扳着手指头数了数，收的徒弟已有几千人了。于是他兴高采烈地回到山中，迫不及待地对云房钟子说："师父，我已经度了几千个人，要领着他们一道学道成仙。"

云房钟子说："如果真是这样，那你的功德无量，太伟大了！不过，那些徒弟是不是诚心，你还得考验考验才是。"

吕洞宾一想，师父说的有道理，就又一次下山，要去考验他的徒弟们。他先化成一个讨饭的叫花子，手里拿着一只破瓢，身上披一块破布，挨家挨户上他的徒弟家去乞讨。徒弟们出来一看，师父穷到这个地步，还有什么花头？不少人转头不认他了。几千个徒弟当中，十成走掉了二三成。

吕洞宾还要试一试，于是他变成一个囚犯，由于遭受冤屈，被打得遍体鳞伤，戴着手铐脚镣，愁眉苦脸，又走过他徒弟们的家门口。徒弟们出来一看，越发寒心了，心想："师父真荒唐，还说要领我们学道成仙呢，现在他自己都是稻草人救火——自身难保，自己的事情还弄不清呢，怎么能帮我们学道成仙？纯粹是闭着眼睛说瞎话，算了算了，别学了吧。"这一试，又跑掉了一大批人，十成里只剩下二三成了。

吕洞宾摇摇头，还是不死心，索性再试一次，看看剩下来的人是不是经得起考验。他又摇身一变，变成一个骨瘦如柴、奄奄一息的重病人，气喘吁吁地来到他剩下的那些徒弟家里。这一试，可不得了，他的几千个徒弟全都跑光了。

吕洞宾心灰意冷地回到了山中，在河边的一棵柳树下坐下来，他怎么也不明白，那些徒弟为什么这般势利？

云房钟子知道此事后，变成一个白发苍苍的老头子，过来问他："为什么在这里唉声叹气啊？"吕洞宾就把下山度人的经过一五一十地说了一遍。

老头子说："人心隔肚皮，是摸不透的。不过我跟他们不一样，我老了，一无所求，只想图个清净。让我来跟你学道吧。我会一辈子跟着你的。"这么一说，吕洞宾又有了信心。当场收下这个老人做徒弟，背起他就过河。

走到河中心，吕洞宾忽然朝背上的老人看看，终于认出，这不就是我的师父云房钟子吗？这时他恍然大悟，感慨万千地对师父说："究竟是我在度师父，还是师父在度我？"

【故事来源】

据明朝刘元卿《贤弈编》卷三《仙释》译写。

黄鹤楼

江夏郡（今湖北武汉一带）有个姓幸的生意人，开的酒店生意蛮红火。

一天，酒店里来了个道士，身材魁伟，一表人才，可是衣服却穿得破破烂烂，蓬头跣（xiǎn）足的。他大大咧咧地进了门，一屁股坐了下来，毫不客气地对幸老板说："有好酒吗？拿一杯来让我尝尝。"

幸老板年纪轻轻，却很喜欢修身养性这一套道术，常常和一些道士交朋友，向他们请教长寿的秘诀，现在看见进来的人一身道士打扮，透出三分仙气，所以并没有因为他的不礼貌而生气，而是笑呵呵地上前跟他招呼，特地为他满满地斟上了一杯好酒。

道士朝他笑笑，举起杯来，一饮而尽，酒杯朝桌子上一放，一拂袖，就出门去了。

第二天上午，那个道士又来了。

幸老板心中有数，客人想喝酒，不等他开口，又满满地斟了一杯好酒，恭恭敬敬地送了过去。道士接过酒，仰起脖子一饮而尽，还是不说一声谢谢，自顾自地走了。

第三天、第四天……天天如此，老规矩，进门就坐，坐了就喝酒，喝完酒就走，那道士从来不跟老板攀谈一句话，幸老板却

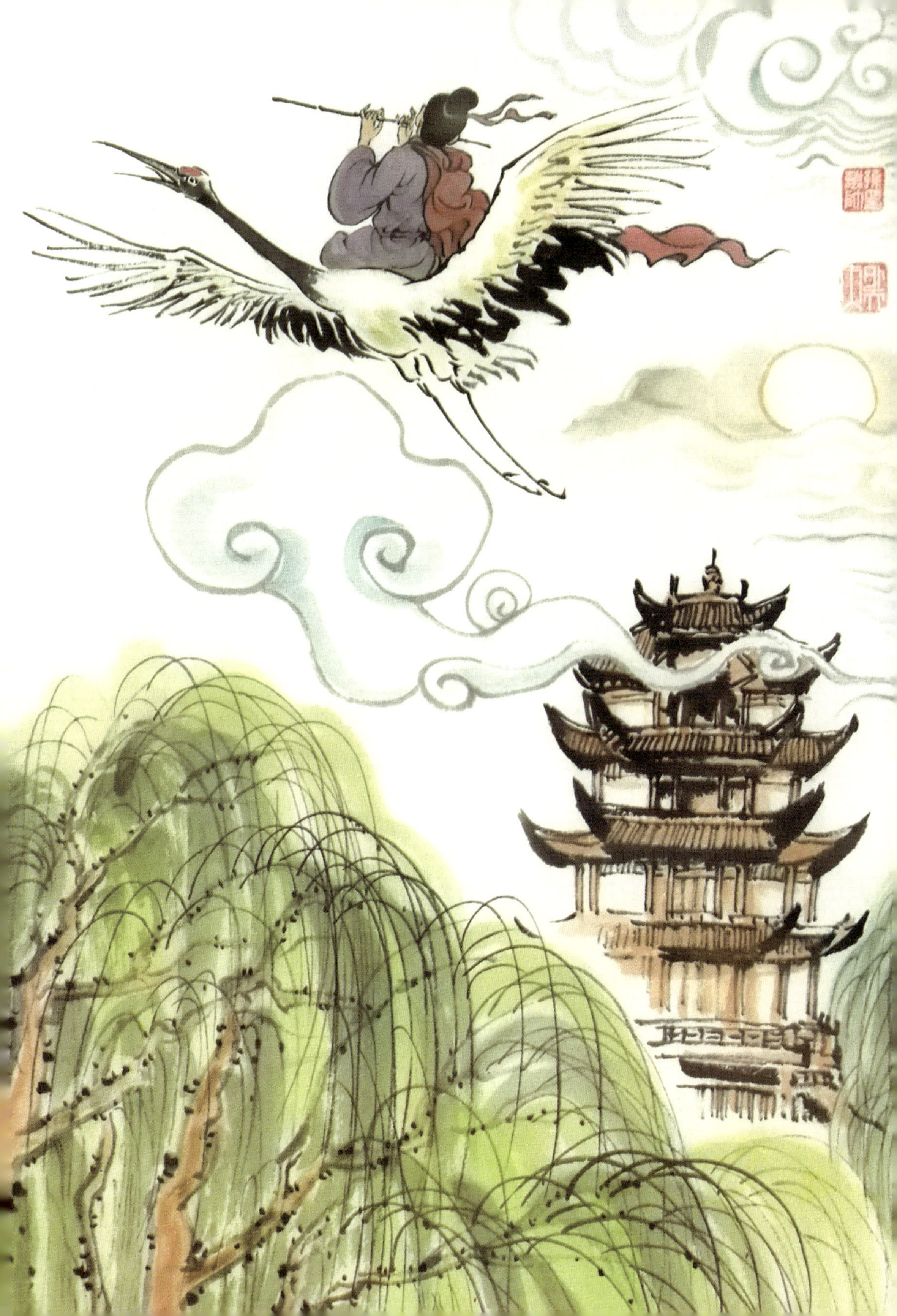

每天恭恭敬敬地为他斟酒，一点怨气也没有。

半年过去了。这一天，道士喝完酒，忽然笑眯眯地开了口，对幸老板说："半年来，欠了老板不少酒钱。贫道浪迹江湖，一时也没钱奉还，不过总得有所表示吧。"说罢，他从随身带着的药篮里摸出几块橘子皮来，端详了一阵，就在酒店的白墙壁上画起图来，三笔两笔，竟画出一只栩栩如生的仙鹤。

画完之后，道士指着墙上的仙鹤对幸老板说："这就是我要送给你的一份薄礼。以后有客人上你这儿喝酒，可以让他们一边拍手一边唱歌，招呼这只仙鹤。仙鹤会从墙上下来为大家跳舞助兴的。"说罢，一拂袖，走了。

幸老板微微一笑，也不把这事放在心上，心想："一个穷道士，说说大话罢了，墙上画的鹤怎么会跳舞呢？"

过了几天，来了三四个客人，看见墙上画了一只仙鹤，觉得好奇，就问幸老板。老板就把道士说的话一五一十地转述了一遍。

客人们喝酒正喝得高兴，就想照他说的话试试看，一边拍手一边唱起了歌。嘿，说来也怪，墙上的仙鹤果然"扑棱棱"地飞了起来，在酒楼上翩翩起舞。那舞姿别提有多美，就是举翅投足，也都合着客人的节拍，真是妙极了。因为这只仙鹤是用橘子皮画出来的，所以它的羽毛都带着淡淡的黄色，活脱脱是一只漂亮的黄鹤。等黄鹤跳好舞回到墙上，那里就又是一幅画了，用手去摸摸，那黄鹤一动也不动。

这可是从来也没有见过的稀奇事。方圆百里的人们争先恐后地要来看黄鹤跳舞。幸老板一看，发财的机会来了，就在酒店门口挂出牌子，凡是在他酒店里喝酒花费几千文以上的客人，才可以看黄鹤跳舞，否则的话，恕不接待。

大家想，这是千载难逢的机会，花费点酒钱又有什么关系。于是，你也掏钱，我也掏钱，人人都要上楼喝酒。喝酒是个由头，还不是为了看黄鹤跳舞！从此以后，幸家酒店生意兴隆，天天客满。十年工夫，幸老板的家财就超过了千万。

一天，那个道士又风尘仆仆地来到幸家酒店，笑眯眯地对幸老板说："当年贫道在你这儿喝酒，奉还的酒钱够不够？"幸老板一见，连忙跪下来磕头，说道："全靠先生为我画了这只仙鹤，才使我发了财。我今天的家财跟当年相比，增加的何止一百倍？我没有一天不想着要报答先生的大恩大德。只恨不知道先生住在哪里，今天先生不忘记我这个俗人，我真是三生有幸。这一次，无论如何希望先生能在这儿多住几天，让我好好报答报答你。"

那个道士哈哈大笑，说道："我怎么会住在这儿呢？"于是，从药篮里取出一支竹笛，吹了起来。悠扬的笛声传到远处，须臾之间一朵白云冉冉飘来，停留在屋檐下的槛柱之间。这时候，墙上的黄鹤飘然飞下，道士跨上黄鹤，乘着白云，冉冉飞去。那道士骑着黄鹤，越飞越高，越飞越高，终于消失在霄汉*之间。隔了好久，还隐隐约约能听见道士的笛声呢。

幸老板为了纪念道士，就在这个地方造了一幢高楼，取名为"黄鹤楼"。

> 霄汉
> 云霄和天河，指天空极高处。

【故事来源】

据金王朋寿《增广分门类林杂说》卷十二译写。黄鹤楼位于武汉武昌蛇山峰岭之上，为江南三大名楼之一。

张县令求情

五代南唐的时候，德化县（今江西九江）有个县令姓张，十分贪财，金银满箱，粮食盈仓，富得冒油。那一年，他做官的任期满了，返回京都时有心要耍耍威风，每到一处，总是先派人打前站安顿食宿，山珍海味，一样也少不得。

这天，他们的队伍就要路过华阴了，他的几个家丁正忙忙碌碌地准备中饭，在路边小酒店的门口特地搭起帐篷，摆好酒席。厨房里炉火正旺，烤羊肉的香味传得老远。这时候，有个穿黄布衫的人，大摇大摆走了进来，在当中的太师椅上坐了下来。仆人连连呵斥，要赶他走，他却神色自若，理也不理他们。仆人们气坏了，正想动武，店里的老婆婆颤巍巍地赶出来劝阻，说道："如今五坊里出来一帮打猎的人，可厉害呢，仗着替皇上驯鹰养狗的来头呼幺喝六，横行关内，谁敢说个不字！你们可要当心，说不定这人就是他们一伙儿的呢。"

正说着，张县令到了。仆人把这事一五一十向他禀告。张县令这天心情很好，随口就说："就让他在这儿吧，不要赶他了。"又向那人作了个揖，问道："客人从哪里来？"

那人不回答，只是"唔唔"地应诺着。张县令鉴貌辨色，见风使舵惯了，觉得此人一定有来历，也不敢多问，就催仆人快暖酒来。酒送上来了，张县令用大金碗盛酒，恭恭敬敬地请他喝。那人一饮而尽。张县令又亲自用刀割了一大块烤羊肉，送到客人面前。他也不道谢，狼吞虎咽地吃起来。满满一大盘烤羊肉几乎被他一人独吞了，可好像还是没吃饱。张县令又从大盒子里拿出十四五个饼来请他吃，他又都吃了下去，前后还总共喝了两升多酒。

酒足饭饱之后，那人才兴奋地对张县令说："你这个人真够朋友。说起来，自从四十年前我在泰安城东一家酒店醉过一回以后，一直到今天，还从来没有痛痛快快地喝过呢。多谢！多谢！"

张县令不由得大吃一惊，看他的年纪不过三十来岁，怎么四十年前就喝酒呢？就问起了他的姓名。

那人爽快地说："跟你直说了吧，我不是人，而是阴间专门负责递送关中生死簿的小吏。"

张县令闻知更加害怕起来，他早就听人家说过，人的寿命长短，全都写在那本神秘莫测的生死簿上，于是就说："这生死簿能让我看一看吗？"

此人倒也爽快，一口答应，当即打开草袋子，拿出一卷书，只见封皮上写着："泰山神之牒，速送金天府。"张县令抖抖索索地打开一看，看见其中第三行写着这么几个小字：

前德化县令张某，贪财好杀，三月初三午时三刻死。

张县令吓得当即哭泣着向那人求告起来："说起来人总是要死的，谁也奈何不得。不过我家中上有老母，下有幼子，家业浩大，全无依靠，如今让我突然抛下这一切，怎不心痛如刀绞！贵差见多识广，总得替我想个延缓的计策才是。想我家中资财，不下几十万，可以拿出来作为酬劳；即使倾家荡产，也在所不惜。现在就等着你的一句话了。"

那人长叹一声说："我要钱是没有用的。不过俗话说，拿了人家手短，吃了人家口软。我吃了你一餐酒饭，总是要替你想法子的。如今有个仙官，名叫刘纲，贬谪后住在莲花峰下，你最好跪在地下一直爬行到他那儿，请求他为你呈上一份奏章，向上帝求情，或许有救。除此之外，没有别的什么法子了。你要去求刘仙官，还得托金天王帮忙才行。听说昨天金天王和南岳衡山神赌博，金天王输得很惨，衡山神催逼还钱又逼得很紧，他很是狼狈。你可以赶到南岳庙去，答应给金天王一大笔钱财，他一定会替你在刘仙官那儿打个招呼的。"说罢，那人打起包裹就要告辞。张县令千恩万谢，送走了此人，立即回过头来，直奔莲花峰。

到那里一看，草木丛生，荆棘密布，河流山谷环境，险阻隔绝，根本就没有一条路可以上得了莲花峰的。于是，他带了猪头三牲、香烛纸钱，先到南岳庙去祭祀，在金天王神像前恭恭敬敬地叩头礼拜，祈求他代向刘仙官说情，延长阳寿，事成之后，愿献上两千两银子作为酬劳。

许过愿之后，他又一个人来到莲花峰，转过山南，东寻西访，终于看见前方有一个简陋的草棚，柴扉半开半闭。张县令推门进去，见一个道士正端坐在一只矮几后面，闭目养神。

听得响声，道士睁开眼来，冷冷地对他说："再过七天，你就要死了。一堆腐骨臭肉、魂亡神耗的人，还到这里来干什么？"

张县令知道此人一定是刘仙官了，连忙跪了下去，战战兢兢地说："时间快过完了，钟要鸣了，我的生命像朝露一样很快就要消失了。听说仙官能够让灵魂重新回到枯骨里去，让新鲜的肌肉又长在腐朽的尸体上。你有爱人性命的好生之德,好名声传遍五湖四海,就求你为我上一道奏章,说几句好话吧。"

刘仙官叹了口气,说道:"要知道当年我为了替汉朝一位权臣说情,触犯上帝,这才谪居莲花峰,冷落凄清,感慨万千。难道你忍心让我一辈子住在这个破草棚里吗?"

张县令连忙哀哀苦求,好话说了一大箩,情辞恳切,态度恭谦,刘仙官还是板着脸,不肯答应。

不一会儿,门口又进来一个差役打扮的人,给刘仙官送上一封书信。张县令眼梢一带,知道是金天王写来的,不觉心头一喜。果然,刘仙官看完这封书信,态度顿时有了转变,一捋胡须,笑呵呵地说:"你既然托金天王打通关节,我也难以拒绝了。试一试再说吧。"

于是,刘仙官打开玉制的书匣,当场写了一道奏章,点起香来,一再叩拜,派那个使者再去呈送。

不一会儿,差役满头大汗地赶回来,带回了上帝的天符,封面上写着一个"彻"字。刘仙官又点起香来,一再叩拜,然后打开天符,只见上面写着这么一段话:

> 张某违背祖宗的教训,窃取名誉地位;不顾礼法规定,偷得高官厚禄;而又卑鄙邪僻,搜刮钱财,奸猾欺诈,不讲信用。县官的职位,被他窃据;无数的财产,实属非法占有。现在按罪查实,他是个等待受刑的残魂,你怎么又来奏章,请求延缓他的性命呢?只因为扶助危困,拯救溺水的人,是常理所提倡的;宽恕犯了过错的人,减轻对他们的处罚,是道教的一贯宗旨。现在就袒护这个人吧,也算是成全我对他

的爱怜和宽容。如果他改正错误，就让他重新做人。这个贪图活命的人，酌情还可以让他再活五年，这份奏章也就不必记载他的罪过了。

刘仙官让张县令也过来看了一遍天符，和颜悦色地说："你都已经看清楚了吧，多活五年可不是一件容易的事哪。说起来一个人的寿命原本可以活到一百多岁的，只因为凡人难免要喜怒哀乐，为了个人的欲望，钩心斗角，颠倒方寸，像从山上流下来的一股清泉，一路之上流经许多肮脏的所在，这水怎么还能保持原先的干净呢？难哪！如今你已经达到目的了，就好好地回去吧。千万别辜负了我对你的一片好心！"

张县令喜出望外，辞谢出来。走到门口，突然刘仙官和这草棚都无影无踪了，只有几棵大楠竹在风中摇曳。

张县令再沿原路下山，觉得这路稍微平坦了些，一口气走了十多里，迎面看见穿黄布衫的使者笑眯眯地走来，向他祝贺。

张县令喜气洋洋，连连道谢，并说："我想知道你的大名。"那人说："我叫钟名，生前是宣城的脚夫。后来死在华阴，被阴间拖去做了这送书信的差使，整天东奔西跑，不得空闲，就跟活着的时候一样命苦哇！"

"这倒也是。但不知有什么办法可以免去你这份苦差事呢？"

"这也不难，只要你去还了金天王的愿，然后请他帮忙，把我安置到他手下当个守门人，我就可以饱餐他那神盘里的各种食物，不再东奔西跑了。要知道这符令已经超过半天了，可不能再耽搁时间了。"使者说罢，便跟他挥手告别，走进村庄南面的柏树林，走三五步远后，就不见了踪影。

于是，张县令带着随从离开南岳庙，浩浩荡荡向华阴进发。

有个仆人提醒他："老爷，你不是还要还愿吗？"

张县令哈哈大笑，一挥手说："这两千两银子可以供我十天的开销呢。这么大一笔钱财，怎么可以说给就给？要知道我是受上帝的恩赐，才交了好运，为什么要把钱财送给那泥塑木雕的家伙呢？走吧走吧，老爷我自有主张，你们不必多言。"他就这样轻轻松松地把许过的愿给赖掉了。

十多天之后，张县令一行来到河南偃师。这天晚上，住宿在县馆里。半夜时分，张县令正睡得迷迷糊糊，忽然房门大开，只见那穿黄布衫的使者手持公文闯了进来，大声训斥道："你这个人怎么虚伪、狂妄到这种地步！如今灾祸临头，金天王大怒，告到上帝跟前，上帝又下了一道旨意，维持原判。你赶快料理后事吧，谁也帮不了你啦。至于我，也受你连累，守门人做不成，还挨了二十大板。唉！我真是瞎了眼啦！"说罢，倏忽之间，就不见了踪影。

张县令吓得一身冷汗，后悔莫及，很快就染上了重病。他想给妻子儿女留下遗书，还没写上半张纸，就死去了。

【故事来源】

据《稗(bài)海》本《搜神记》卷六译写。

图书在版编目（CIP）数据

顾爷爷讲中国民间故事.隋唐—五代/顾希佳编写.—北京：
北京联合出版公司，2020.5
ISBN 978-7-5596-4022-2

Ⅰ.①顾… Ⅱ.①顾… Ⅲ.①民间故事—作品集—中国—隋唐时代
②民间故事—作品集—中国—五代(907-960) Ⅳ.① I277.3

中国版本图书馆 CIP 数据核字（2020）第 034082 号

顾爷爷讲中国民间故事
③
（隋唐—五代）

编　　写：顾希佳
总 策 划：苏　元
责任编辑：牛炜征
策划编辑：鲁小彬
特约编辑：鲁小彬
插　　画：高西浪　孙万帅
封面设计：主语设计

北京联合出版公司出版
（北京市西城区德外大街83号楼9层 100088）
北京联合天畅发行公司发行
北京中科印刷有限公司印刷　新华书店经销
字数110千字　710mm×1000mm　1/16　12印张
2020年5月第1版　2020年5月第1次印刷
ISBN 978-7-5596-4022-2
定价：198.00元（全6册）

未经许可，不得以任何方式复制或抄袭本书部分或全部内容。
版权所有，侵权必究。
本书若有质量问题，请与本公司图书销售中心联系调换。
电话：(010) 64258472-800

扫码收听

中国经典民间故事有声书